ハジメテヒラク

こまつあやこ

講談社

ハジメテヒラク

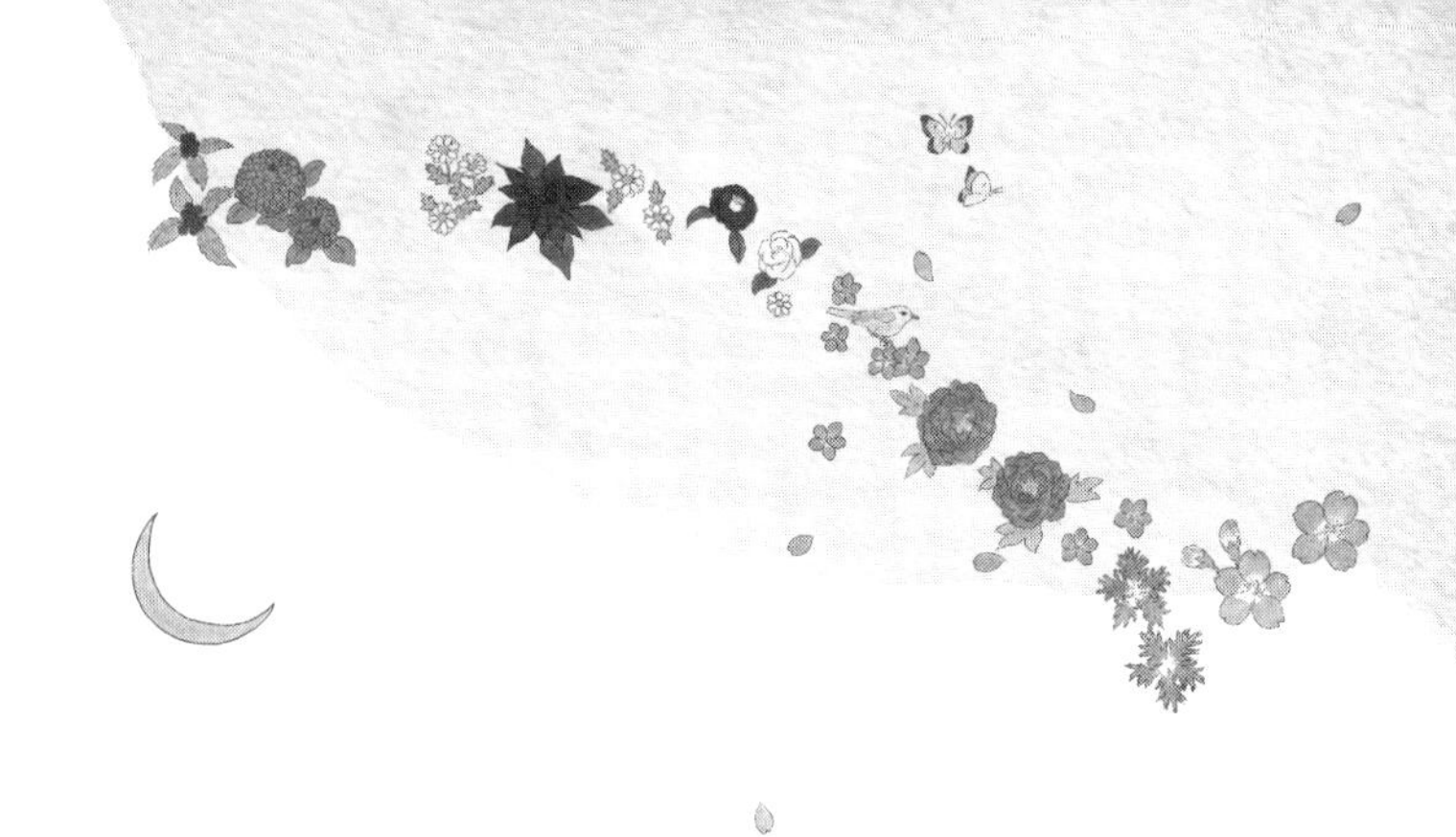

目次

装画
あわい

装丁
岡本歌織（next door design）

プロローグ

『黒板に映えるチョークは、やはり白。日直が新しい日付を書き込み、今日も一年A組の朝が始まりました。

おはようございます。実況はわたし、出席番号三十三番、綿野あみがお送りいたします。

時刻は八時十九分。予鈴まであと一分ですが、まだ教室に生徒は七割ほど。明日からゴールデンウィークが始まる四月最後の金曜日、そろそろ気が抜けてきたといったところでしょうか。

入学したばかりのあの静けさはどこへやら。取っ組み合う男子たちのブレザーには白く埃のあとがつき、女子たちは自分の席から離れた席へもおしゃべりしに繰り出すようになっています。

おーっと、今予鈴が鳴りました。

窓の外では、校門の前に生活指導部の郷本先生が仁王立ち。その姿、地獄の閻魔大王のようです。

さあ、もう間もなく本鈴が鳴ります。ぎりぎりに校門へすべり込む生徒たち。閻魔大王の脇をすり抜けて逃げる逃げる逃げる。

本鈴が鳴れば、ピタリと門は閉められます。遅刻をすれば、閻魔大王からその理由を問いつめられるでしょう。ウソをつけば、舌を引っこ抜かれることだってありえます！』

「ねえ、ありえないんだけど！」

「ひえっ」

目の前の机にバンッと手を置かれ、わたしの脳内実況はプツッと消えた。

「おはよう。どうしたの？」

前の席で話していた二人は、吉井麗奈と森野美紗姫。麗奈の腕に美紗姫がからみついている。

「美紗姫が男子バスケ部のマネージャー一緒にやろうって言うの。やだよ、マネージャーなんて。あみ、助けてよ」

わたしの机に手を置いた麗奈はふくれっ面だ。

何だ、脳内実況が外に音漏れしたのかと思って焦ったよ。

「わたし、部活やってる暇なんてないの。塾で忙しいんだよ」

「麗奈あ、中一から塾なんて言わないでよ。わたしたち、高校受験もないいんだよ？　部活もしないで何するの？」

美紗姫の声はハチミツみたいに甘くてとろりとしている。早くも大学受験を見据えている麗奈は、むっと黙り込んだ。

「ねえ、あみも一緒に三人でマネージャーやろうよー」

「うーん、わたしもマネージャーはなあ……」

わたしはやんわりノーを示した。

麗奈みたいに塾に通ってはいないけど、美紗姫みたいに学園ものの少女マンガみたいなテンションではしゃげない。

わたしたち三人って全然タイプがちがうんだ。

中学受験して私立の湖真学園に通うわたしたちは、小学校からの友達がいない。出席番号順で机が縦に並んでいるという、とりあえずの仲良しグループだ。

「何でバスケ部のマネージャーなの？」

そう尋ねると、美紗姫はわたしの耳元に口を近づけ、

「須永くんがバスケ部入るんだって」

こしょこしょと鼓膜をくすぐった。

なんだ、そういうことか。

四月にしてクラスの人気者に躍り出た須永くん。抜群の運動神経と、ふいに飛び出す天然発言で、みんなに愛されている。

「美紗姫、ごめん。わたし、やっぱりマネージャーはやめとく」

わたしはさっきよりはっきりと断った。

人の恋愛に関わらない。

それが人生の鉄則。わたしは五年生のときにそう決めたんだ。

「じゃあ、あみはどの部活に入るの?」

「……まだ特に決めてないけど」

「それならいいじゃん! 今日の放課後、みんなで見学だけでも行こうよ」

「わたしパス」

「麗奈冷たい。ねえ、あみ、一人じゃ嫌だよお」

「わわ、セーター伸びる」

入ろーよー、美紗姫にセーターの袖を引っ張られたところで本鈴が鳴った。

「ほら、先生来るよ」

麗奈が美紗姫の腕を引いて着席させた。

やれやれ、とわたしは再び窓の外を見やる。校門は容赦なく閉じられ、腕組みの郷本先生が、遅刻の生徒を門越しに問いつめている。

綿野という苗字のおかげで、窓側の一番後ろの席になれてラッキーだ。クラスや校庭を脳内実況するにはベストポジション。

ね、早月ちゃん。

わたしはそっとヒーローの名前を唱える。

1　ヒーローの約束

早月ちゃんは、二年前にわが家に居候していた従姉だ。あのころ、大学四年生だった。名前のとおり、早月ちゃんは五月にわが家に転がり込んだ。

どうして居候なんかしていたかというと、親とケンカして家を飛び出してきたから。

その原因は早月ちゃんの就職活動だった。

「競馬の実況アナウンサー？」

早月ちゃんの夢を初めて聞いたお父さんの声はひっくり返った。

「そうだよ、おじちゃん。私、競馬の実況がやりたい。だから就職が決まってた会社を蹴って、アナウンスの講座に申し込んだの。そしたらお父さんが怒っちゃってさ」

「そりゃ反対するだろ。実況ってふつう男性がやるもんだろ」

早月ちゃんを囲んでの初めての夕飯のとき。お父さんはあからさまに反対し、ギャンブルが苦手なお母さんは眉間に皺を寄せて黙り込んだ。

うちの両親はマスコミにもギャンブルにも縁がない。専門学校の事務員のお父さんの趣味は市営プールで泳ぐことだし、歯医者の受付のパートをしているお母さんが通っているのは刺しゅう教室。

プールの半券や手芸店のクーポンがテーブルに置いてあることはあっても、わが家で馬券を見たことはない。

早月ちゃんとお父さんのやりとりをわたしはただぽかんと見ていた。

十歳以上も年上の早月ちゃんは、わたしのお父さんの兄の娘だ。

車で一時間ほどのところに住んでいるけど、会うのは数年ぶり。

おじいちゃんおばあちゃんはわたしが赤ちゃんのころに亡くなっているから、親戚で集まるようなこともほとんどない。

早月ちゃんはもう大人に見えたし、一人っ子のわたしはどう接していいのか分からなかった。まるで外国人がホームステイに来たみたいだ。

それに就職なんて、わたしにとっては遠い未来の話。

だから、わが家に寝袋持参で転がり込んだ早月ちゃんが実況アナウンサーを目指していることなんて、特に興味もなかった。

それよりも、早月ちゃんのおしゃれなネイルやうちのお風呂場に持ち込んだいい香りのシャンプーのほうがずっと気になっていた。

六月のある日曜日までは。


その日、わたしは涙で湿った布団にくるまっていた。

この日だけじゃない。五月末に学校で出かけた長野の移動教室後、わたしの心は梅雨入りしたようにじとじとしていて、休みの日は誰とも遊ぶこともなく部屋に閉じこもっていた。

移動教室で犯したわたしの大罪。

友達の好きな人をバラしてしまった。

悪気があったわけじゃない。むしろ応援したかったんだ。

でも、そのせいでわたしは仲間外れにされていた。

家でふさぎ込むわたしに、早月ちゃんは「どうしたの？　何か元気ないじゃん」と声をかけてきたけど、何も話さなかった。

仲間外れにされていることを知られるのは嫌だった。カッコ悪いことだと思っていたから。

「ン〜、ン〜、ン〜」

今の気分にまるで合わないハミングが布団の外から聞こえる。

早月ちゃん、うるさい……。

わたしは布団のなかでうったえた。

早月ちゃんはうちに来てから、毎日腹式呼吸や発声練習をしている。これも実況アナウンサーになる訓練なんだって。

あ、やっと静かになった。と思ったら、

「いつまで寝てんの？」

カラッとした声の問いかけ。わたしが布団から目だけ出すと、早月ちゃんの顔が間近にあった。

くるくる巻かれた寝袋の上に座っている。

わが家の余っている布団も使わず、早月ちゃんは「こっちのほうが落ち着く」と寝袋生活を続行していた。

「……今日、ほんとはハロハロ遊園地に行くはずだったの」

早月ちゃんには何も打ち明けないつもりだったのに、気づけば独り言のようにつぶやいていた。

「ハロハロ遊園地？」

「……隣の市にある遊園地だよ」

わたしの口から、堰を切ったように言葉が流れ出した。

「四月に五年生になったばかりのときから、行こうねってクラスの友達と約束してた。初めて大人の付き添いなしで遊園地に行けることになったんだよ。五時までって門限つきだけど、うれしかったのに」

なのに、なのに。

わたしはそのメンバーから外されてしまった。

「……きっと今ごろ、みんなは電車で向かってる途中だよ」

まぶたをぎゅっと閉じた真っ暗な世界は今のわたしにお似合いだ。友達がいない。それは世の中が真っ暗に見えるのとイコールだ。

そんなわたしの被っていた布団を早月ちゃんは引きはがした。

「着替えな！　しけた遊園地のメリーゴーラウンドより、迫力のある本物の馬を見せてあげる！」

勝手にわたしのタンスからＴシャツとジーンズを取り出して、ぽんと投げた。

「本物の馬？」

早月ちゃんはオレンジ色のリップを塗った口を横に大きく引き上げてニッと笑った。フラミンゴ柄のロングスカートがやけに似合っていた。

「実況を練習しに競馬場に行くの。あみも連れてってあげるよ」

「……競馬場って、赤ペン耳にかけた新聞片手のおじさんばっかりなんでしょ」

遊園地の雰囲気とは程遠い。青空に近づける観覧車、スリル満点のジェットコースター、歩き疲れたら甘いパフェ。

どっちが楽しいかなんて考えるまでもない。

「なら一生そうしてれば？」

早月ちゃんは大胆不敵な笑顔だ。

一生……。

むっとした。何だか試されている気持ちになって、のろのろと起き上がって服を着た。

それでも乗り気のカケラもないわたしは、電車のなかではずっとイヤホンからの音楽で耳を塞いでいた。

でも。

「わあ。でっかーい！」

競馬場の入場ゲートをくぐったとたん、開けた視界に思わず叫んだ。

「え、広い。広すぎ。競馬場ってこんなだだっ広いの？」

朝まで泣きはらしていた目を大きく見開いて、わたしはただただ圧倒されていた。

これまで見たどの運動場も飲み込むほどの広さに、信じられないほどの観客席の多さ。

馬って、こんな大舞台で走るんだ。

息を大きく吸い込むと、芝生の青いにおいがした。

「ビックリしたでしょ？」

双眼鏡を首にかけた早月ちゃんは得意げに唇の両端を持ち上げて、こっちへおいで、とわたしを観客席へと連れていった。

まだ梅雨入り前。六月初めの風が頬をなでていく。

ふと、今ごろみんなは遊園地にいるんだなと思い出した。

わたしが競馬場にいるなんて、きっとクラスの誰も想像していないだろう。

早月ちゃんがうちに来なきゃ、絶対に来ない場所だった。

遊園地さえもすっぽり収まってしまいそうな広い競馬場を見渡していると、何だか心が少し凪いだ。

わたしの罪も、許される日が来るのかな。


移動教室の夜、電気を消した和室で、六人でいつまでも眠らずに話していた。

そこで、あおいちゃんは佐野のことが好きだと教えてくれた。佐野はクラスで一番背が低くて、すぐに鼻血を出すし、口は悪いし、忘れものも多い。

それに引き換え、あおいちゃんはかわいい。頭もいいし、みんなに優しい。佐野とあおいちゃんが並んでいたら、まるで姉弟みたいだ。

だからわたしたちは意外な思いでいっぱいだった。

でも、佐野の優しいとこ知ってるから。あおいちゃんはそうつぶやいた。

応援するよ、絶対応援する。

わたしたち五人は、そう言ってあおいちゃんを励ました。

あおいちゃんも枕に顔をうずめながら、照れながらもうれしそうにしていた。

そして、わたしは突っ走ってしまった。

次の日、佐野と同じ行動班だったわたしは、飯盒炊爨の支度をしながら「ねえねえ」と佐野に話しかけた。

「あおいちゃんってかわいいと思わない？」

「はあ？　別に。フツーじゃね？」

「かわいいよ、絶対。あんたの目、おかしいんじゃないの」

「うるせーよ。うちのクラスの女子なんか、全員フツー以下。どいつもこいつもブスブスブスブス」

「何それ。あおいちゃんは佐野にはもったいないくらいかわいい」

「何でおれが出てくんだよ」

「だってそれは」

言ってもいいよね。

「だってあおいちゃん、佐野が好きなんだよ」

声を潜めたつもりだった。

「あみ！」

悲鳴のような声がすぐ背後で聞こえた。嫌な予感とともに振り返ると、両手をぐっと握りしめたあおいちゃんが顔を赤くしてかすかにふるえていた。

あおいちゃん、いつからそこに……。

「どうしたの？」と、クラスの女子たちがあおいちゃんのもとに集まってきた。

「何なんだよ」

佐野は気まずそうに吐き捨てて、その場から駆け出した。

あおいちゃんは、無言で目にいっぱい涙をためていた。

昨日、一緒にあおいちゃんの恋バナを聞いたうちの一人が、あおいちゃんの髪をなでながら、わたしをにらむ。

どうして？　みんな応援するって約束したのに……。

「あみ、最低だよ」

最低。降ってきたその言葉は、わたしの心をぺしゃんこにした。

そうか。わたしは、応援の方法を間違えてしまったんだ。

その日、学校へと帰るバスはつらかった。誰もわたしと口をきいてくれなかった。隣の席のはずだった女の子も、バスの一番後ろのシートに移動してしまった。

確かに好きな人を勝手にバラしてしまったのはよくない。

でも本当に応援したかったんだ。

あみのおかげで両思いになったよって言われたかったんだ。

あの日以来、わたしは女の子たちに無視されるようになった。


「はい、観戦前の腹ごしらえ」

やけに陽気な声でわたしの意識は競馬場に連れ戻された。

しばらく姿を消していた早月ちゃんの手には、フライドポテトの紙パックが握られている。

「朝、何も食べてないんでしょ？」

早月ちゃんはわたしにポテトを渡した。

「さ、実況モードに入りますか」

早月ちゃんがリュックから一枚の紙を取り出した。

その紙には、カラフルに塗られたヘルメットとシャツのイラストがずらりと並んで描かれている。

イラストの下には、番号とカタカナ。

「一番エバースカイ、二番キョウモグッジョブ、三番アノヒノヤクソク……。これってもしかして、馬の名前？」

「そう。次のレースで走る十六頭だよ。騎手のヘルメットとシャツの色で、馬の名前を覚えるの」

「十六頭⁉ そんなにたくさん？」

「だから、この紙を使うんだよ。通称『塗り絵』って呼ばれてる。プロの実況アナウンサーも、レースの前に自分で塗り絵を作って馬の名前を暗記するってわけ」

うわあ、大変そう……。まるでテスト勉強みたいだ。

「塗り絵を見ながらしゃべっちゃダメなの？」

「本番は双眼鏡で馬を見るから、手元の紙を見てる余裕はないよ」

「じゃあ、強くて勝ちそうな馬だけ覚えたら？」

早月ちゃんは大きく首を横に振った。

「実況は、すべての馬の名前を必ず呼ぶ」

その口調は、どこか誇らしげだった。

「どの馬にも大事に育てた人がいて、応援している人がいるからね。だから、がんばってる馬たちに敬意を込めて名前を呼ぶ。プロはね、一日何レース分も覚えるの。名前を覚えるのは一番難しいけど一番基本のことなんだよ」

半信半疑。ホントにこんなたくさん覚えられるのかなあ……。

早月ちゃんはリュックから急いで赤い小さな双眼鏡を取り出すと、

「こっち貸してあげる」

それをわたしの首にサッとかけた。

始まりを告げるファンファーレが鳴り、歓声が大きくなる。

双眼鏡を構える早月ちゃんを、わたしもまねてみる。

ガシャ！

スタンバイしていた馬たちのゲートが開いた。

「スタートしました！　さあ、好スタートの先頭は十二番レジェンドグリーン。それを追って三番アノヒノヤクソク。その二馬身後ろに五番スーパーオーシャン……」

う、わあ……。

早月ちゃん、どこで息継ぎしてるのってくらい、なめらかにするする言葉が出てくる。

わたしは思わず、双眼鏡を外して横を向いた。

早月ちゃんは双眼鏡に目を押し当てたまま。

「さあ、第四コーナーのカーブに入りました。トップは七番のニンジンドコダ。おーっと、外から十一番テリマカシが上がってきた。さあ、どうなる最後の直線コース！」

早月ちゃん、ほんとに馬の名前を全部覚えてるんだ。

「ゴール！」

大歓声のなか、ドドドドドッと馬たちが走り抜ける。

「あー、いいレースだったなあ」

「…………」

「今の実況練習、スマホに録音したんだ。後で聞いて、どこを直せばいいかなって振り返るの」

「…………」

「あみ？　どうした？」

「……いいな」

「何が？」

「名前」

ちゃんと名前を呼んでもらえるなんて。

そこにいてもいいんだよ、ちゃんと見てるよって認めてもらえているみたいで。

うらやましい。

『みらいちゃん、こころ、サナ、優佳、バイバーイ』

教室で、下駄箱で、校門で。わたしだけわざと名前を呼ばれない。そんなことが日常茶飯事だった。

「……わたしは学校にいても、誰にも呼んでもらえない」

つぶやいたとたん、ぽとんとジーンズの膝に小さな水玉の染みができた。

カッコ悪い。

こんなことで泣くなんて、わたしは相当弱ってる。

恥ずかしくて早月ちゃんと目が合わせられない。今、わたしは早月ちゃんにどんな風に思われているんだろう。

「ほら、また次のレースが始まるんだから。涙で見えないなんてもったいないよ」

早月ちゃんはハンドタオルでわたしの顔をワシワシと雑に拭ったた。

「うぐぐ、メイク崩れる～」

照れ隠しに茶化すと、タオルの向こうから笑い声がした。

「化粧なんてしてないでしょ。顔も洗ってないくせに」

「ちゃんと洗ったもん！」


驚くべきことに、競馬場の敷地のなかには公園まであった。

レースをいくつか観戦した後（一日に十二回もレースがあるんだって）、わたしたちは公園のベンチで休憩することにした。

ベンチのそばには、クレープを販売するピンク色のワゴン車が停まっている。

遊園地で友達と食べるはずだったクレープを競馬場で従姉と食べているなんて。

予定とはちがうけれど、これも悪くないかもしれない。クレープはいつでもどこでも平等に甘い。

「あみ、学校でのとっておきの過ごし方を教えてあげる」

ホイップクリームたっぷりのバナナクレープを頬張る早月ちゃんの言葉に、わたしは首を傾げた。

「……とっておきの過ごし方？」

もしかして、わたしがさっき涙をこぼしたから、早月ちゃんは何かアドバイスをしようとしているのかな。

口のなかに広がるクレープのイチゴの酸味が急に強まった。

嫌だ、恥ずかしい。

「大丈夫だよ、早月ちゃん。仲間外れだって長くは続かないだろうしさ。そのうち、輪に戻してもらえるから気にしないで」

「戻らなくてもいいじゃん」

「え」

「実況者になっちゃえばいいんだよ」

「実況者？」

「クラスの輪から外されてると感じるなら、いっそ自分はその輪を実況する役割なんだってことにしちゃえばいい。観察して心のなかで実況すればいいんだよ。細かいところまでよく見てみな」

「クラスを実況なんてできないよ。スポーツじゃないんだからさ」

「できるよ」

早月ちゃんはペロッと舌を出して唇についたホイップクリームをなめた。

「私は、よく街中で実況してる。実況の練習場所は、何も競馬場だけじゃないんだよ」

たとえば、と早月ちゃんは指差した。

人差し指の先には、馬の着ぐるみのキャラクターが、競馬場の制服姿で風船を配るお姉さんと一緒に子どもに手を振っている。

「マスコットキャラクターのポニスケ、青空のもと、今日も競馬ガールと一緒に、お客さんたちに手を振っています。

おっと、一人の女の子がポニスケに気がつきましたね。隣に立つ母親の腰にも届かない背丈、三歳くらいでしょうか。ポニスケを指差し、母親に何か言っています。

母親は『行ってごらん』と女の子の背中を押すが……唇を結んでその場にぐっと足を踏ん張っています。どうやら……風船はほしいが、ポニスケが怖いといったところでしょうか。風船がほしいがポニスケが怖い。ポニスケが怖いが風船がほしい。

お、ポニスケのほうから女の子に近づいていった、さあどうなるか？」

ぎゃんっ、と女の子の泣き出す声があたりに響いた。

ポニスケは女の子の前にしゃがみ込み、困ったように頭をかく仕草をしている。

「こんな風に」

実況のスイッチを切った早月ちゃんは、泣いた子どもに急に関心を失ったようで、再びクレープを食べ始めた。

「ふーん……」

おもしろそう、とまでは思わない。

だけど、気を紛らわすことはできるかもしれない。

無視されるようになってから、休み時間のわたしは自分の机の木目ばかり見て過ごしていた。

クラスの風景を見たくないから。そこから自分がはじかれていると感じたくないから。

でも。

わたしが実況者だとしたら。

そんな視線でクラスを見渡してみたら。

目に映る景色が変わるかもしれない。

それに、脳内の実況なら、突っ走った言葉で誰かから嫌われることもないんだから。

でも、一体何を実況すれば？

そう思っていたわたしの前に、翌朝、ポニスケのようなマスコットが現れた。

「教育実習生の半田圭です。よろしくお願いします」

その人は、色黒で面長。どことなく馬のように見えた。

わたしは半田先生を心のなかでポニスケと命名して、実習期間中、そっと目で追うようになった。

『おっ、ポニスケが給食ジャンケンに加わりました。男子たちに溶け込むためのパフォーマンスでしょうか』

『六人の女子に囲まれ、今までの恋人の数をきかれてたじたじになっています。ゴマカシを許さない厳しい眼差しに、どうするポニスケ。額にはうっすら汗がにじんでいます』

『さあ初めてのポニスケの授業です。半田の半が半人前の半にならないようにがんばります、というダジャレは見事にすべりました』

このちょっと残念な実習生のことを早月ちゃんに話すと、

「へえ。大学四年ってことは私と一緒だ」

ちょっと興味を持ったみたいだ。

「きっと大変だろうなあ。教員の免許取るのって面倒なんだよ」

「そうなの？」

「うん。たくさん授業を受けなきゃいけないし、教育実習は就活の時期と重なる。ちなみにその人って一人暮らし？」

「え？　知らないけど」

「一人だとしたら、実習で疲れて帰っても、食事も洗濯も自分でどうにかしなきゃだね」

「……考えたこともなかった。ポニスケの私生活なんて興味ないし」

「取材してみたら？　競馬の実況でも、あらかじめ馬や騎手のこれまでのレースや最近の調子をチェックしたりするの」

へえ……。実況ってそんなこともするんだ。ちょっと驚くわたしに、

「実況するってことは、その馬や人を知るってことだからね」

そう話す早月ちゃんの目は輝いていた。

翌日、わたしは図書室に向かった。図書室は教育実習生の控え室になっていた。

「ねえ、先生」

日誌を書いていたポニスケは、わたしの声に顔を上げた。

「綿野さん！　ビックリした。近くにいるの気づかなかったよ」

呼ばれたわたしがビックリだ。名前、覚えてくれてたんだ。

「突然だけど、先生って一人暮らし？」

「大学の寮で暮らしてるけど、どうして？」

「えっと、ちょっと気になっただけ。寮って夕ご飯出るんですか？」

「残念ながら食事のついてない寮なんだ。だから給食が助かる。小学生のころは何とも思ってなかったけど、給食って栄養バランスいいしありがたいよな。いつも朝飯は抜きで、夜はコンビニだから」

ポニスケもとい半田圭は、恥ずかしそうに頭をかいた。

給食のアジフライのおかわりジャンケンに負けてくやしそうにしていたポニスケを思い出した。

……もしかしたら、本気で食べたかった？

ポニスケの実習最終日、教室の後ろには、ズラッと先生たちが並んでいた。

『五時間目の国語。半田圭、教壇に立ってこれが最後の授業です』

教卓の前の席だったわたしは、気がつけばあだ名ではなく本名で呼んでいた。

『給食をありがたいと言っていた半田圭。今日のハンバーグを力に変えて、授業に臨みます。半田、黒板に縦書きにした字がやや斜めになっていく。おっと、今チョークがポキッと折れました。力みすぎているのでしょうか』

あ。

そのとき、チョークを握り直した半田の指がふるえていることに気がついた。

『半田圭、今どんな気持ちで黒板の前に立っているのでしょうか。この二週間、いろんなことがありました。クラスでからかわれたり、先生に廊下で怒られたりしたこともありました。夜のコンビニ弁当を食べながら、ため息をつく日もあったかもしれません。起きたくない朝もあったかもしれません。しかし、こうして何とか乗り越えて最終日を迎えました。

その半田圭の右手が、今ふるえています』

大人でも手がふるえることなんてあるんだ。

『がんばれ』

応援するつもりなんてなかったのに。

ただの暇つぶしだったのに。

『**がんばれ、半田圭！**』

気づけば心のなかでエールを送っていた。

約一か月ずっと実況してきたからかもしれない。

そういえば、半田圭を実況している間、わたしは自分が仲間外れにされていることをあまり気にしないでいられた。

ありがとう、半田圭。

実況って楽しいかもしれない。初めてそう思った瞬間だった。


その日は早く早月ちゃんに会いたくて、走って帰ったのに……、

「あれ？　お母さん、早月ちゃんは大学？」

「あら、聞いてなかった？　数日前にアパートが決まったって言って、今日お昼に引っ越していったよ」

「何で……」

わたしの部屋のドアを開けると、でんと陣取っていた寝袋は消えていた。

学習机の上には赤い双眼鏡が置いてあった。競馬場で早月ちゃんが貸してくれたやつだ……。

近寄ると、双眼鏡を重しにしてメモが置かれていた。

【約束！　夢が叶ったら連絡するから待ってて。そのときはこの双眼鏡を持って競馬場に来てね】

「待ってててって、そんなあ……」

なんて一方的な約束。

メモに連絡先は書かれていない。何か手掛かりはないかと部屋を見渡しても、隅のほうに早月ちゃんの雑誌や本が数冊残っているだけだった。


翌日からも、半田圭のいない教室でわたしは脳内実況を続けた。

そうすれば、友達がいなくても背筋をしゃんと伸ばせた。

だってわたしは実況者だから。

『おーっと、前ぶれもなく佐野が鼻血を出した！　ティッシュ、ティッシュをお持ちの方はいま

せんかーっ』

『さあ、恒例のおかわりジャンケンが始まります。栄光のコーヒー牛乳は誰の手に！』

『休み時間のたびに話題を持ちよって輪になる女子たち、まるでミツバチのようです』

ある日、そんなミツバチの二、三匹から話しかけられた。

「あみもこっち来たら？」

「へ？　わたし？」

思わず自分を指差してしまった。

何が原因かは分からない。

よくあることだ。仲間外れっていきなり始まったり、あっけなく終わりを迎えたりする。

でも、脳内実況がなかったら。

きっともっとつらい毎日だった。楽しそうな周りが見えないように、自分の悪口が聞こえないように、目も耳もスイッチを切ってうつむいていたのかも。

早月ちゃんのおかげ。

六月のあの日、わたしを布団から引っ張り出して、とっておきの過ごし方を教えてくれた。

みんなの輪に戻っても、わたしは脳内実況をやめなかった。

一歩引いたところから教室を眺める目線が楽しくて、癖になっていた。

早月ちゃんの笑顔を思い出すと、梅雨明けの太陽を見上げるようなまぶしさを感じる。

わたしのヒーロー。

待ってるから約束守ってよね、早月ちゃん。

あの広い競馬場に響き渡る早月ちゃんの実況を聞きたいよ。

その日までは、この双眼鏡がお守りだ。

そうして今年、ヒーローを追っかけるように早月ちゃんの母校を受験した。結果は、何とか合格。

制服のスカートのポケットには、ちょっとかさばるお守りを忍ばせている。

2　閻魔大王VSジョウロ部長

迷子になった。

放課後、美紗姫につき合わされた男子バスケ部の見学を抜け出したはいいものの……。

体育館から教室に戻れなくなってしまった。

中学一年A組は東校舎。

なのに知らないうちに、高校生の教室が並ぶ西校舎に迷い込んでしまったみたいだ。

嫌だな、怖い先輩たちに中一が何でこんなところを歩いてるんだって思われるんじゃないかな。

こんなときは。

わたしは首にくっついてしまいそうなあごをぐっと持ち上げた。

『西校舎より、迷子が実況をお送りいたします。

綿野あみ、完全に迷子です。行きと同じ道をたどって戻ってきたはずが、東校舎にたどりつきません。

ああ、校舎をつなぐ渡り廊下はいずこ！

まさかまさか、美紗姫にお腹が痛いとウソをついたバチが当たったのでしょうか。

残念ながらここは学校のなか、グーグルマップも助けてくれません。

湖真学園は中学生が赤、高校生が水色のネクタイですが、この廊下は水色だらけ。大人っぽい高校生であふれています。制服を着ていなければ、先生と間違えてしまいそうです。

迷子の綿野、ポケットから赤い双眼鏡を取り出しました。それを今、魔よけのように首に提げて廊下を進みます。

あ、前方に優しげなお姉さん発見。勇気を出して道を聞いてみるか？　まるでヒッチハイクの気分です。

と思ったら、その後ろからおーっと、出た！　何と現れたのは、閻魔大王こと郷本先生です。

距離が近づきます。綿野、ここはしれっとすれちがいたいところ。

その距離、推定五メートル、四メートル、三、二……』

「おい、それは何だ？」

すれちがう寸前、ギロリと目が赤い双眼鏡に注がれた。

「うわっ」

わたしはあわてて双眼鏡を首から外して背中に隠す。

「今隠したものを見せなさい」

おずおずと差し出すと、双眼鏡は郷本先生のゴツゴツした手のひらで何だか小さく見えた。

「どうして双眼鏡なんか持ってるんだ。こんな派手な色のは学校の備品じゃないだろう」

バクバクバク。心臓が高鳴る。

郷本先生は、わたしのブレザーにつけた学年章に目をやった。

「中一か。学業に関係のないものは持ってこないこと。それは知ってるな？」

「いや、あの、これは眼鏡の代わりで……」

とっさについたウソは自分でもバレバレだと思う。

「バカもん！」

わわっ。つばが飛んできて、わたしは後ろに身をそらした。

「双眼鏡を眼鏡の代わりに使うやつがどこにいるんだ。そういうウソをつくのはよくないぞ。ちょっと職員室まで来い」

『綿野あみ、職員室で舌を引っこ抜かれるピンチです！』

「郷本先生！」

　そのとき、ビュンッと矢のような声が飛んできた。

　声のほうを見やると……。

『あれは先生か？　いや、背の高い男子高校生です。おや？　なぜか両手に緑のジョウロをぶら下げています。

細い脚でこちらにぐんぐんぐんと近づいてきますが……』

「やっと見つけましたよ。今日、職員室前の花壇の水やりをやってないですよね？」

『郷本先生の前で足を止めた！』

「……それが何だ」

「花が枯れたらどうするんですかっ」

『大迫力！　人の命に関わる大事件だと言わんばかりに、声を張り上げましたっ』

「今週は郷本先生が水やり当番ですよね？　生徒指導部の郷本先生はいつも、与えられた仕事は何でも、責任を持って必ず最後までやることって、繰り返しおっしゃってますよね？　僕(ぼく)たち生徒会はそれをちゃんと守っているのに、先生が有言実行していないなんてショックです」

　へえ、この人生徒会の役員なんだ。

『黙(だま)り込(こ)む郷本先生。腹痛をこらえるように口元が歪(ゆが)んでいます。その頬(ほお)を、一筋のあぶら汗(あせ)が伝います』

「ふんっ」

『鼻を鳴らした郷本先生、男子生徒が持っていた二つのジョウロを乱暴に奪(うば)った』

「花壇に行ってくる」

『勝負あり！　この戦い、男子生徒が勝ちました！』

　郷本先生の分厚い背中に、男子生徒が追い打ちをかける。

「今度水やりを忘れたら、ジョウロ持って、職員室前の廊下に立っててもらいますよー」

「教師にえらそうな口をきくな！」

　郷本先生が閻魔大王の形相で振(ふ)り返(かえ)る。

　ジョウロを持った郷本先生が廊下に立たされている様子を思(おも)い浮(う)かべて、わたしは思わず吹(ふ)き出(だ)した。

「あの、助かりました。わたし、自分の双眼鏡を持ってきたのを怒られて、職員室まで連行されるところだったので」

頭を下げると、その拍子に、男子生徒がつけている生徒会のバッジが目に留まった。

【生徒会副会長　高二　城慶太郎】

城っていうんだ……。

『両手にジョウロを持って現れた生徒会副会長、城慶太郎。あだ名をつけるならジョウロ先輩といったところでしょうか』

「別に助けようと思ったわけじゃありません。郷本先生に用事があっただけです。無駄なものは学校に持ってこないように」

そう告げる黒縁の眼鏡の奥の目は冷ややかだ。

「無駄じゃな……」

出かかった言葉を飲み込んだ。

もしも口にしたら……中一の分際で口答えをするなんて、と怒るかもしれない。余計なことを言って嫌われるくらいなら、我慢だ。

一礼してその場を去ろうとすると、

「ちょっと待ってください」

ジョウロ先輩に呼び止められた。

「クラスと名前は？」

「……中学一年A組、綿野あみです」

マズい、目をつけられたかな。

「水曜日の放課後の予定は？」

「え？」

「一つ取引をしませんか。双眼鏡のお礼に僕が部長の部活を見学に来るというのはどうですか」

「取引って……。何部なんですか？」

「生け花部」

ジョウロ先輩は涼しい顔のまま言い放った。

「生け花っ？」

わたしは素っ頓狂な声を上げた。

「わが生け花部は、存続の危機なんです。三月に高校三年の先輩方が卒業して、今年の部員は二人のみ。今年新入部員がいなければ来年は廃部だと顧問の先生から言われています」

「えっと、先輩が生け花部の部長なんですか？」

「生徒会役員と部活の部長の兼任は、校則で可能です」

「あ、いえ、そうじゃなくて、生け花ってふつう……」

女の子がやるものじゃないんですか？

その言葉が喉から出かかってわたしははっとした。

【実況ってふつう男性がやるもんだろ】

昔、お父さんが早月ちゃんに向けた言葉が蘇る。

ダメだ。同じようなことは言いたくない。

「ふつう、女の子がやるもの、ですか？」

「それです！」

あっ、バカ。わたしは手のひらで口を覆う。せっかく引っ込めたのに。

「もともと、室町時代に成立した華道の担い手は男性だったんですよ。京都に六角堂というお寺があります。当時、そこのお坊さんたちが武家の住まいに飾った花が評判になり、花の名手と呼ばれました。その弟子たちが日本各地で活躍して、世間に生け花が広まったといわれているんです」

「お坊さんがお花を生けてたんですか。知らなかった」

すらすら話すジョウロ先輩は、わたしが驚いても表情を変えない。

「生け花は女性がやるものというイメージが定着したのは、明治時代になって女子教育で取り入れられてからなんです」

へえ、男の人が生け花部でも不思議じゃないんだ。生け花って、意外とわたしのイメージとちがうのかも。

「……頭、丸めないんですか」

「お坊さんになる修行をしているわけではありません」

「ですよねー」

いたって真面目にツッコむジョウロ先輩はにこりともしない。

「さて、おしゃべりはここまでです。まあ、部活の件は無理強いしませんよ」

「入ります！」

気づけばわたしの口はそう言っていた。

深く考えている場合じゃない。

だって、生け花部に入れば、美紗姫とマネージャーをやらなくてすむ。面倒な片思いに巻き込まれない。

「花の種類は桜とチューリップくらいしか知りませんけど入部します！」

ナイスタイミング！

「……本当ですか？」

「はい。あ、あとヒマワリとタンポポも知ってます」

「いや、花の話ではなくて。本当に勢いで入部するつもりですか？　僕は見学を勧めましたが、いきなり入部しろとまでは言っていません」

「あ、そっか」

わたしは恥ずかしくなって髪に手を当てた。突っ走ったことを言ってしまったみたいだ。

3　ピンクのたてがみ

パッチン、パッチン。

この音、何だっけ。

パッチン。パッチン。

ああ、早月ちゃんが爪を切る音だ。

懐かしいな。いつも手足の爪を切った後、赤いマニキュアを塗るんだよね。

早月ちゃん、またうちに戻ってきたんだね。

「ねえ、聞いて。わたし、早月ちゃんと同じ中学に入ったんだよ」

ぼんやりと浮かぶ後ろ姿にそう呼びかけると、振り返ったのは、

「起きなきゃジョウロで水かけますよ？」

「ジョウロ部長!?」

うわあぁっ、と叫び、バチッと目を開くと、そこにいるのは早月ちゃん、じゃなくてジョウロ部長だった。

「やっと起きましたね。初日から居眠りなんていい度胸です」

「初日からジョウロの水かけられたら泣きます……」

ジョウロ部長はわたしをあきれ顔で見下ろしている。

そう、わたしはあの勢いのまま、見学もせずに入部を決めた。だって善は急げって言うしね。

「いや、あの、朝早いから眠くって……。中学に入ってから、電車通学で起きるのが一時間も早くなったんです」

「何言ってるんですか。花屋さんは仕入れの日、朝の五時や六時には市場に到着してるんですよ」

「花屋さんと一緒にされても……」

シパシパと瞬きをすると、だんだん視界が澄んでいく。

『こちら、生け花部の活動場所です。

生け花というと、和室でやるとお思いですか？

いえいえ、ここは西校舎五階の家庭科実習室。水道があれば、どこでもかまわないそうです。正座が苦手な綿野、ラッキーです』

「ジョウロ部長こそ、遅いじゃないですか」

「ジョウロ?」

「あ、いえ、聞き間違いですよ、城部長」

わたしはあわてて笑ってみせる。

「花壇の水やり当番がちゃんと遂行されているかチェックしてきました。職員室に当番表が貼ってあるので」

花壇は東校舎の一階、職員室の外側にある。学校の玄関口にもつながっていて、目立つ場所だ。

「そんなことも生け花部の活動なんですか?」

「いえ、活動内容には含まれませんが」

「城部長のただの趣味だよ」

その声は部屋の後方から聞こえてきた。

「こんなしけた部活、入らなくていいのに。城部長に強制されたの?」

「し、しけた部活？」

『おおっと、毒を吐いたのは……一番後ろの長机で花を切っている女子です。

パッチン、パッチン。

先ほど夢のなかで聞いたのは、この人のハサミを振るう音でした。

短めのスカート、第一ボタンを外したシャツに緩めたネクタイ。くりんとおくれ毛を垂らしたお団子ヘアのこの人物。

胸の学年章は中三です』

「生け花部なんて別につぶれてもいいのになあ。放課後遊べるし」

「谷平さん」

城部長が厳しい声で制した。

「部活はつぶしません。部長の名において僕がつぶしません！」

「あーはいはい」

『城部長、渾身の直球！　しかし谷平先輩さらりと見送りました。

さて、この部屋にいるもう一人をご紹介しましょう。わたしの隣の長机で、黙々と本を読んでいる女子。

学年章はわたしと同じ。彼女もまた、新入部員でしょう。さっきからまったく口を開きません。

以上、綿野あみを取り囲むのは、まったくまとまりのない三人。

綿野あみ、入る部活を間違えたかもしれません！』

脳内実況してみると、まるで人ごとのようにこの状況に何だか少し笑えてしまった。緩んだ口元をこぶしで隠したとき、

「ごめんね、職員会議で遅くなりました」

さらさらと長めの前髪をなびかせて現れたのは、国語の野山先生だった。

「おや、新入部員かな？」

「お待ちしておりました。一年生の九島さんと綿野さんです」

城部長がにこりともしないまま、わたしたちを紹介する。

「えっ。野山先生がお花の先生なんですか？」

表情によってお兄さんにもおじさんにも見える野山先生は、目元に皺を作ってうなずいた。

「てっきり、学校の外からお花の先生が来てくれるんだと思ってた」

イメージしていたのは、着物を着ているおばあちゃん先生。

「一応、師範の免許を持ってるからね。僕も高校時代に部活で生け花をやってたんだ」

野山先生は九島さんとわたしに尋ねた。

「二人とも生け花は初めて？」

「はい、生まれて初めてです」

わたしが答えると、九島さんもうなずく。

すると、野山先生は「まずはクイズです」と笑顔で右手の人差し指を立てた。

「日本の季節の数はいくつだと思う？」

どうしてわざわざそんな簡単なことを？　これってひっかけ問題かも。

「……四」

チリンと鈴が揺れるような小さい声が聞こえた。

あ、九島さんがしゃべった。

ううん、と野山先生は首を横に振る。ほら、やっぱり。

「じゃあ、梅雨を入れて五個」

わたしはちょっと自信を持って答えたけど、同じように首を振られてしまった。

「正解は七十二個」

「えっ、ななじゅ……？」

「そう。今日、五月二日は十八番目の季節『牡丹はなさく』だよ」

「十八番目のボタン？」

「綿野さん、洋服のボタンではなく、花の牡丹ですよ」

部長が横から口を挟む。

「二十四節気七十二候っていってね、昔の人は季節を半月ごとに二十四に分けたんだ。それで、その一つの節気をさらに三つに分けて候と呼んだ。『牡丹はなさく』は春の最後の候なんだ」

「ウソ、そんなにしょっちゅう季節が変わるのっ？」

九島さんも驚いているのか、黙ったまま小さく口を開けている。

「日本には季節ごとに色々な花が咲く。七十二候のなかには、その他にも花に関わる名前が多いんだ。たとえば春には『桜はじめて開く』、秋には『菊の花開く』とか」

「じゃあ、今は牡丹が咲く季節……？」

「正解！『百花の王』とも呼ばれる、華やかな牡丹の季節の到来なんだ」

野山先生が鳴らす拍手の合間から、谷平先輩のため息が聞こえた。

わたしはふと窓の外を見る。

青空。ゴールデンウィークまっただなかの平日の今日は、セーターがいらないくらい。

夏はもうすぐそこなんだ。

「というわけで、今日生ける花は牡丹。それと一緒に使う枝はキソケイだよ」

野山先生がバケツに入っていた花を長机に広げた。

「新入部員が来るかもと思って、花を多めに手配してよかったよ」

『おおっ、さすが「百花の王」！　華やかです。濃いピンクで、広げた手のひらほどの大きさ。花びらが何重にもなって……例えるなら、ピンクのたてがみのよう。

一方のキソケイは、米粒ほどの黄色い花びらと葉をたくさんつけた枝です。顔を近づけてみると……いい香りがします』

「じゃあ、新入部員はテキスト三ページの型をやってみよう」

野山先生はわたしたち新入部員にテキストを渡した。

「型？」

「生け花には、型と呼ばれる設計図があるんだ」

「へえ、自由に生けるんだと思ってました」

「フリースタイルの『創作花』っていう生け方もあるよ。最初にいろんな型を練習すれば、創作花をやるときにも役立つんだ」

先生に言われたページを開いてみると……

【第一枝　長さ…花器の二倍　角度…十度】

【第二枝　長さ…一の枝の三分の二　角度…四十度】

【第三枝　長さ…一の枝の二分の一　角度…七十度】

「長さと角度？　わ、何だか数学みたい」

図形問題が苦手なわたしは、ちょっと身を引いた。

「型は流派によって色々あるけど、基本はどれも三本の枝からなるんだ」

「先生、もしかしてあれで測るんですか」

わたしは城部長の手元を指差した。

城部長が枝にかざしているのは、メジャーと分度器。

「ああ、あれは使わなくていいんだよ。本来は目分量で測るんだ。でも城くんはすごく几帳面だからああやってる」

「僕は理系ですから。型の数字に忠実なだけです」

「そういうのカタ苦しいって言うんだよ」

パチン。谷平先輩のハサミが鳴った。

「型の練習なんて早く卒業したいでしょ？　もっと自由にやりたいよね、ナニゴトも」

「え、あ、はあ」

谷平先輩に同意を求められたけど、とっさに返事が出てこない。

「ねえ、城部長。生徒会役員ならもっと校則が緩くなるように先生と交渉してよ」

あー髪染めたい、と谷平先輩は脈絡のないことをぼやいた。

九島さんはまるで何も聞こえていないかのように、テキストに目を落としている。

……やっぱり、この部活まとまりがなさすぎ。

わたしが苦笑いする横で、

「みんな個性豊かでいいねえ」

のほほんとお茶をするような調子で、野山先生がうんうんとうなずいている。

「じゃあ、さっそくやってみようか」

野山先生がわたしたち新入部員の前に道具を次々と並べる。

花ばさみ。（指を通す穴がない！　このハサミ、どう持つの？）

剣山。（ハリセンボンみたいにトゲトゲでずっしり重い）

水盤と呼ばれる花器。（丸くて浅くて、何だかお寿司の桶みたい）

どれも初めて見るものばかり。

「ポイントは一つ一つの枝をよく観察すること。少し向きを変えると枝の表情も変わるんだ。それぞれの枝の良さを見つけて、引き出そうという気持ちで生けるといいんじゃないかな」

野山先生はキソケイの枝をゆっくり回しながら、やわらかく目を細める。

ほんとに生け花が好きなんだって気持ちが伝わってくる。

「まずは三本の枝の長さを取ってみよう。花ばさみの握り方は、こうだよ」

野山先生のアドバイスに耳を傾けながら、花ばさみを手に取った。

『おっ、キソケイの枝がカタい！　千歳飴を噛むようなこのカタさ。切るのは力仕事です。

指を切らないようにご用心……。流血だけはカンベンです。

よし、切れた！

バラバラの長さの三本の枝が今、机の上に並びました』

「そうしたら、余分な葉を落としてごらん」

『余分な葉？　そう言われても困ります。

綿野あみ、どの葉を落とす？　どの葉を残す？』

「うん、いい感じ。じゃあ枝をまずはまっすぐ剣山に立ててみて」

『最初の枝をいざ剣山へ！　やはりカタい！　なかなか挿せません。枝を持つ手がプルプルふるえます。

生け花は、案外体力勝負かも』

「よし。そしたら枝を傾けよう。その枝は、十度の傾きでね」

『十度ってどのくらいだか分かりません！』

「綿野さんの首まで傾いてるよ」

野山先生がぷっと笑った。

そうして完成したのは……。

『これは、生け花マジックでしょうか。

バラバラの長さの枝をバラバラの角度で生けたのに。

きれいです。とってもきれいな形です。

ただ机に三本並んでいたときとは、全然ちがう姿。

すっくと天井へと伸びる、凛々しい第一枝、キソケイ。

斜めにゆうらりと小粒の花が垂れ下がる、優しげな第二枝、同じくキソケイ。

インパクト抜群の牡丹は第三枝。

アンバランスなはずの三本の枝が、水盤の上でバランスを取っています。

これを名づけて、バラバラ・バランス！

初めてでこんな作品が作れるなんて……綿野あみ、実は生け花の天才だったのかも！』


夢中になって、生徒用のタブレットパソコンでパシャパシャ写真を撮っていると、

「気に入りましたか？　生け花の型は、誰でもきれいに生けられるように考えられているんです」

城部長から声をかけられた。

「誰でもきれいに？」

「はい。メジャーと分度器がなくても、ある程度は」

ふと隣の九島さんの作品を見ると、やっぱりきれいなバラバラ・バランス。

なーんだ。綿野あみ天才説はポンッと消えたけど、残念な気はしなかった。

「さあ、そろそろ片づけに入ろうか。剣山から枝を抜いて、道具を洗おう」

野山先生がわたしたちに指示を出した。

「えー、もったいない」

せっかく生けた作品を名残惜しく見つめていると、

「一度片づけて、場所に合わせてまた飾り直す。それが生け花のおもしろさの一つでもあるんだよ。道具貸してあげるから、家でも生けてごらん」

野山先生がわたしをなぐさめた。

「でも、家で花の水替えるのめんど……」

あっ、口がすべった。あわてて口をつぐみ、「何でもありません」とつぶやく。

花が好きで入部したわけじゃないということが、先生にバレたら怒られるかも。

「正直だねえ」

あれ？

野山先生は穏やかに笑っていた。

周りを見回す。わたしの声は部員みんなに聞こえていたはずなのに、誰もとがめない。

厳しそうな城部長でさえも。

美紗姫の恋の応援から逃げるために駆け込んだけど……。
この部活、案外悪くないかもしれない。

4　美容室ＫＡＯ

初めての部活を終えて、校門に向かおうとすると、遊歩道で鮮やかなピンクが視界に飛び込んできた。

『何と！　あれは生け花部の不機嫌ガール、谷平先輩。お団子ヘアに牡丹をつけています！
あでやかです。振り袖に着替えれば、このまま成人式に出かけられそうです。
おっと、こちらを振り向きました！』

「あ、一年生の……」

「綿野あみです。谷平先輩、その髪どうしたんですか？」

「かわいいでしょ」

少しすました表情で先輩は答えた。

「めちゃくちゃかわいいです。でもビックリしました。牡丹、いつの間に髪飾りにしたんですか？」

「部活の最中に作ったんだよ。ワイヤーを花の根元に挿して、テープで留めただけ。意外と簡単だよ」

部活のときと打って変わって先輩の表情はいきいきしていた。

「あたしのこと、カオでいいよ。香緒里だから、カオ」

カオ先輩は笑窪を浮かべた。

でも、

「げ、校門に郷本がいる」

ゴキブリ発見、とでも言わんばかりに、カオ先輩の鼻筋に皺が寄った。

「裏門から帰ろう」

先輩が踵を返したとき、呼び止められた。

「おい、谷平！」

「……何ですか」

「おまえ、今日も頭に花なんかつけて、ふざけるのもいい加減にしろ」

「部費払ってるんだから、花をどうしたって勝手じゃないですか」

「何だ、その口のきき方は。そんな風に遊んでる暇があったら将来のことをもっと真剣に考えろ」

「その話はやめてよ」

カオ先輩は郷本先生をきっと睨みつけると、牡丹を髪から引き抜き、その場に捨てて踏みつけた。

ぐしゃっと顔面がつぶれた牡丹に、わたしは思わず息を飲んだ。

「サヨーナラ」

カオ先輩は郷本先生にわざと鞄をぶつけて校門を通り過ぎた。

「おい、花を拾え！　おい、谷平！」

「先生、ごめんなさい」

代わりにつぶれた花を拾ってカオ先輩を追いかける。

「おまえ、双眼鏡の……」

背後で郷本先生の声が聞こえた。

「いいのに。一年生にかばってもらおうなんて思ってないよ」

駅までの道を歩きながら、カオ先輩はわたしの手からつぶれた牡丹を受け取った。

「……でも」

わたしはカオ先輩の牡丹を見てつぶやいた。形がつぶれた花は、笑いながら泣いている顔のようで胸がちょっと痛んだ。

カオ先輩はふーっと息を吐いた。

「何だかさー、リフジンだと思うんだよね。部屋を花で飾るのはＯＫなのに、どうして髪を花で飾ったら怒られるんだろう」

「どうして、ですかね……」

校則から外れているからって悪いとは思えないことだってある。

だってあの髪飾りは思わず実況のスイッチが入るくらい、心を引きつけられたから。

「わたしも、この前、郷本先生に怒られたんです」

わたしはポケットから赤い双眼鏡を取り出した。

「これです。学業に関係ないもの持ってくるなって」

「ふーん。それ、何に使うの？　野鳥でも見つけるの？」

「野鳥じゃなくて……お守りです」

わたしは少しためらってから、口を開いた。

早月ちゃんのことを誰かに話すのは初めてだった。

「二年前に従姉がうちに居候してたんです。従姉は競馬の実況アナウンサー目指してて、一緒に競馬場に行ったときにこれを貸してくれたんです」

「居候ってどうして？」

「親に反対されて、うちに避難しに来たんです。従姉の親は、ふつうの会社に就職してほしかったみたいで」

「だああっ」

急にカオ先輩は頭を抱えて叫んだ。

「か、カオ先輩……？」

「分かる分かる、そーゆーの超分かる。ウザいよね、嫌だよね、親に考え押しつけられるのって」

せっかくのお団子ヘアをもしゃもしゃとかき乱している。

「で、その従姉は実況アナウンサーになれたの？」

「分からないです……」

わが家から姿を消して以来、この二年間早月ちゃんから連絡はない。

もしかして約束を忘れてるのかも、そう思って日曜に競馬のテレビやラジオをつけてみたりもしたけど、早月ちゃんの声は聞こえない。(ギャンブルが苦手なお母さんにはすぐにチャンネルを替えられたけど)

でも。きっといつか、早月ちゃんは約束を果たしてくれると信じたい。

「えー? ちょっと気になるんだけど。SNSとかでつながってないの?」

「……まだSNS、やってなくて」

わたしは小声で答えた。

中学入学とともに念願のスマホを買ってもらった。

クラスのみんなと仲良くなるために早くSNSのアカウント作らなきゃって思うけど……。

言葉は、怖い。

つい口をすべらしがちなわたしだもん。うっかり変な書き込みをしてしまうかもしれない。

それなら、自由に言葉を並べる場所は、脳内だけでいい。

でもそんなことをカオ先輩に言ったら、ノリの悪いやつだと思われそう。

黙って歩いているうちに駅の改札口に着いた。同じ方面だと分かって、ホームのベンチに並んで座った。

「ねえ、髪結び直してあげよっか」

「え？」

「さっきから気になってたの。それ、ポニーテールっていうより、野鳥のシッポって感じだもん。あみってぶきっちょなんだね」

カオ先輩は鞄からポーチを取り出した。次の瞬間、カオ先輩はわたしのヘアゴムをするりと抜き取った。

『何て強引！　返事もしないうちに、いきなり髪をほどきました。

駅のホームが美容室に早変わり。

名づけて即席美容室ＫＡＯ！

ポーチに入っていた櫛を取り出し、背後からわたしの髪をとかし始めています。スッスッスと慣れた手つき』

実況をしていると、その人をもっと知りたくなってくる。わたしはカオ先輩に背を向けたままきいてみた。

「カオ先輩、もしかして美容師さんになりたいんですか？」

「うん、まあ。あたしね、学校や街中にいるとき、周りの人の似合う髪型を想像するのが趣味(しゅみ)なんだ」

「学校や街中？」

その言葉にピンときた。

「一人一人みんな顔の形や体格がちがうでしょ？　どんな髪型が似合うかなーって想像してみるのが楽しいんだ」

「それ、分かります！」

だってわたしの脳内実況みたい。

ブンッと後ろを振り返ろうとすると、

「ちゃんと前を見ててくださーい」

両側から頭をぐっと押さえられた。

「あたしは親が選んだこの学校に入ったけど、早く高校卒業して美容師の専門学校に行きたい。部活も興味なかったけど、ハサミを使うって共通点だけで生け花部に入ったんだ。

花と髪を切るんじゃ、全然ちがうのにね」

『今、カオ先輩はどんな表情をしているのでしょうか。

本物の美容室のように鏡があれば、その顔を見られますが……。

いや、もしかしたら。

顔が見えなくてすむからこそ、今、カオ先輩は本音を打ち明けてくれているのかも。

湖真学園は進学校。廊下には大学偏差値ランキングや学年成績ランキングの張り紙が並びます。

ひょっとしたらカオ先輩、夢のせいで親や先生とぶつかることもあるかもしれません。心細くなることもあるかもしれません。

そんなカオ先輩を支えている、似合う髪型の空想遊び。あるときは通学の電車で、あるときは退屈な授業で、どれだけの人数の髪型を想像したことでしょう。

おっと、髪が束ねられ、グッグッグッと後ろに引っ張られるぞ』

「はい、できた。見てみて」

カオ先輩は手鏡をわたしに渡した。手鏡には、五分前よりも少しだけあか抜けたわたしが映っている。

「わあ、いい感じ！　野鳥じゃなくてちゃんとポニーテールだ」

「結び目を高くしたの。似合ってるよ」

櫛を手に笑うカオ先輩は、本物の美容師さんみたいに見えた。


持ち帰った花を見たお母さんは、顔をほころばせた。

「あら、きれいな牡丹」

「お母さんよく知ってるね」

「分かるわよ、それくらい。あみが私立中学に受かったのも予想外だったけど、生け花なんて女の子らしいことをするのもダブルで驚きだわ」

未だに信じられないというように、お母さんは首を横に振った。

わたしの両親は二人とも公立中学の出身だ。早月ちゃんと同じ学校に行きたい行きたいという、わたしのしつこさに根負けして中学受験を認めたけど、受かると思ってなかったみたい。

「ねえ、お母さん知ってる？」

少し得意げにわたしは言った。

「生け花ってもともとお坊さんが広めたらしいよ。だから別に女の子らしくなんかないってこと！」

お母さんの反応を待たず、わたしは自分の部屋に入った。

「綿野あみ、鞄をボンッと放ってベッドにダーイブッ！

おっと、危ない。せっかくのポニーテールが崩れるところでした」

そう言いながら起き上がった。自分の部屋なら、誰に聞かれるわけでもないから声に出して実況できる。

クローゼットの鏡の前に立ってみた。自然と笑顔になれる理由は、ポニーテールだけじゃない。

ただの不機嫌な先輩じゃなかった。

ちょっと強引だけど、ホントは優しくて、夢を持ってる。そんな一面を知れてよかった。

またカオ先輩と一緒に帰りたいな。

5　青い短冊

『おはようございます。ゴールデンウィーク明けの火曜日です。こちらは昇降口の部活用ホワイトボード前。

このホワイトボードには、それぞれの部活の連絡事項が書き込まれるのですが……。

【生け花部　本日、四時に中学校舎の昇降口に集合】

謎のメッセージです。ふだんの活動は水曜日、それに活動場所は家庭科実習室です。

書いたのは城部長にちがいありません。縦長でトメハネハライがやけに強調されている癖が、いかにも几帳面な城部長っぽく見えます。

……おっと、本鈴まであと二分。ライオンから逃げる草食動物のように教室へ急ぐ生徒たち。

この群れに綿野も合流しなくては！』

「今日、何するんだろうね」

放課後の四時。わたしはすでに昇降口に来ていた九島さんに話しかけた。

「さあ……」

「まさか、先生たちに代わって水やりとかかな？」

「さあ……」

「ありえそうだよね。『当番をお忘れになる先生方にはお任せできないので僕たちがやることにしました』とか言って」

「…………」

『ハイ、すべりました。エアー眼鏡を指で持ち上げる城部長の物まね、見事に失敗です。九島さん、困ったように微笑んでいます。

いつまでも大人しすぎるぞ九島さん。一年生は二人だけ。仲良くおしゃべりしたいのに。

おっと、廊下の端から走ってくるのは城部長！　発車間際の新幹線に駆け込むような必死の形相です！』

「……言っておきますが、僕の不注意で遅れたんじゃ、ないですよ。急遽、終礼後に生徒会が、校内放送で呼び出されたので」

「そんな息切れするほど急がなくても。カオ先輩もまだ来てないですもん」

「ええっ？　谷平さんがまだ？」

眉間に皺を寄せた城部長は、

「ちょっと中三の教室を見てきます」

額に汗を光らせたまま、もと来た廊下をまた走っていく。

「城部長とカオ先輩、仲悪そうなのに。部長の責任感ってやつなのかな？」

わたしの言葉に、またもあいまいに首を傾げる九島さんの背後をつーっと通過していくのは、

「カオ先輩！」

捜索中の張本人だった。

「なかなか来ないから部長が探しに行きましたよ」

「ごめん、具合悪くなって帰ったって言っておいてくれる？　あたし、今日どうしても行かないといけない場所があるの」

「えー？　カオ先輩ずるい。せめて、わたしたちには本当のこと教えてほしいです」

わたしは九島さんに「ねっ」と同意を求めた。

「原宿の美容室に行くの」

『遊園地へデートに行くの。カオ先輩の輝く目は、まるで恋する女の子です』

「人気の美容師さんで、昨日の夜キャンセルが出て行けることになったんだ。あたしもう時間だから行かなくちゃ」

『止められません！

舞踏会に行かなくちゃ。今度はシンデレラに変身したようなカオ先輩の背中をどうやって止められるというのでしょうか』

しばらくして、城部長が不機嫌な顔で戻ってきた。

「見つかりません。仕方ない、谷平さんは置いていきましょう」

まったく谷平さんは、と城部長はぼやいた。その顔をまっすぐ見られず、しらばっくれてきいてみた。

「どこ行くんですか？」

「ヨシマサ屋さんに、年度初めのご挨拶です。もう三十年以上お世話になってる花屋さんですよ。生け花部の花はもちろん、花壇の苗もヨシマサ屋さんが届けてくれたものです」

「三十年っ？」

わたしにとっては早月ちゃんが去ってからの二年間だって長く感じるのに。三十年だなんてもはや永遠だ。

『どんな素敵な花屋さんなのでしょうか。学校の最寄り駅から続く上り坂。マンションやコンビニが並びます。

城部長いわく昔から夫婦でお店を経営、ここ数年は娘さんも働いているそうです。坂道を一歩一歩上るたびに期待も膨らみます。

さあ、やっと坂を上りきり……見えました、ヨシマサ屋の看板です！

あれ？　何かボロ……おっと、失礼。

えーっと、渋い名前にぴったりの店構え。店頭の古びた木製の棚から出迎えるのは招き猫です。

店は古くても季節は先取り。まだ五月ですが、招き猫の隣には早くもアジサイの鉢植えが並びます。

城部長が今、ガラス戸を開けて店のなかに入ります。一歩遅れて、綿野と九島さんも後に続きます。

おお、店のセンターポジションに並ぶのはカーネーションの赤、赤、赤。そうでした、今週末は母の日です！』

「あ、城くん。いらっしゃい」

『店番は若いお姉さんです。黒のカットソー姿で腰に巻いたエプロンも黒。色白でつるんと丸いおでこが印象的。

おっと、店の奥からおばさんが現れました。お姉さんより少しぽっちゃりしていますが、ゆで卵のようなおでこがそっくりです。あれは親子にちがいありません』

「こんにちは、いつもお世話になっております」

耳慣れない大人びた挨拶をした城部長は、「挨拶しなさい」とえらそうにわたしたちを振り返った。

「よろしくお願いします」

わたしが言うと、九島さんも隣でお辞儀をした。

「新入部員さん？　やったあ！」

お姉さんは両腕を大きく上に伸ばした。

「部員が増えたんだね。私はヨシマサ屋の娘の吉政可菜子です」

「お父さんもいればよかったんだけどねえ。さっき急な注文が入って配達に行ってるんだよ」

せっかく来てくれたのに悪いねえ、とヨシマサ屋のおばさんは眉(まゆ)を下げて笑った。

「私もね、湖真学園の生け花部の卒業生なの」

「卒業生!? 今、何歳(なんさい)ですか?」

お姉さんの言葉に飛びついたわたしを、

「綿野さん、いきなり失礼ですよ」

あわてて城部長がたしなめるけど、そんなの怖(こわ)くない。

だって、もしかしたら早月ちゃんのことを知ってるかもしれない。

「今年二十四になるよ」

「早月ちゃんと同い年だ!」

「サツキちゃん?」

「わたしの従姉(いとこ)で卒業生なんです。綿野早月、知りませんか?」

「綿野さんねえ……」

可菜子さんはしばらく考え込んでから、申し訳なさそうに肩(かた)をすくめた。

「うーん、ごめん、分かんないなあ。九クラスもあったから、同級生でも面識ない人が多いの」

「そうですか……」

肩を落としたわたしに、可菜子さんは右手を差し出した。

「でも、従姉のお姉さんと同級生だなんてうれしいな。どうぞよろしくね」

「えっと、綿野あみです」

手を握ったとき、肌をかさっと違和感がかすめた。

何だろう。可菜子さんの手を見つめると、

「ああ、ごめんね。これ職業病なの。花屋って水仕事だからどうしても手が荒れちゃうんだよね」

わたしの視線に気づいた可菜子さんがエプロンで手をこすった。

その手をよく見ると、肌色の絆創膏が指や爪を覆っている。

「こんな手でごめんね」

そう言いながら、今度は九島さんと握手した。

「ご主人にもよろしくお伝えください」

城部長がおばさんに言うと、

「もちろん。部員が増えてお父さんも喜ぶよ」

「大丈夫ですよ。生け花部は必ず存続させますから」

『何なのでしょう、この忠誠心。城部長、王家にかしずく家臣のように敬礼です』

「そうだ。今日は笹竹の注文書をお持ちしています」

鞄から一枚の紙を取り出した。

「笹竹？　うちの学校、パンダ飼ってましたっけ」

そんなわたしのボケに、そっと答えたのは九島さんだった。

「……七夕」

「今年もこの季節が来るんだね」

可菜子さんが夏休みを待ちわびる子どものように声を弾ませた。

「七夕の笹、学校に飾るんですか？」

「生け花部では毎年、家庭科実習室の前に七夕の笹竹を飾っています」

「へえ、そんなことするんだ！」

九島さんに「知ってた？」と問いかけると、ふるふると首を横に振った。

「笹竹の飾りつけは生け花部が創設されたころからの伝統です。しっかり務めてください」

「六月末の金曜日ね。ＯＫ、いい笹竹を連れていくからね」

可菜子さんがぐっと親指を立てた。

「七夕準備月間が始まります！」

『梅雨入り（つゆいり）を告げる巷（ちまた）の気象予報士より一足お先に、城部長、高らかに宣言しました。

今日から六月。わたしたち部員は今、こうして昼休みに家庭科実習室に集められています。

隣の倉庫から持ってきたのは、半透明（はんとうめい）のプラスチックケース。

さあ、部員みんなが玉手箱のように見つめるなか、城部長がフタに手をかけ、いざオープンです』

「わあ、七夕飾りがたくさん！　このイカの足みたいなやつ、小学校でも作って飾りました」

「綿野さん、イカの足ではありません」

城部長は眼鏡を中指で持ち上げる。

「それは吹き流しといって、織姫の機を織る糸に見立てた飾りですよ。一つ一つの飾りにはちゃんと由来があるんです」

ケースのなかに入っているのは、笹に飾る飾りだけではなかった。

「おりがみがこんなにたくさん？」

「これで短冊を作るんだよ。これが一番手間のかかる仕事なの。去年は三百枚作っても足りなかったんだよ」

カオ先輩は「それとね」とつけ加えた。

「七夕が終わったら、夏休み中にこっそりちぎって捨てるっていう役目もあるの。めんどいけどね」

「短冊を成仏させるまでが七夕です」

「家に着くまでが遠足ってやつと同じですね」

なるほど。わたしはポンッと手をたたき納得した。

さっそく短冊作りに取りかかる。

作り方は簡単。おりがみを三等分したものに一つ穴を開けてタコ糸を通せば完成。これなら不器用なわたしでも余裕だ。

カオ先輩と、ドラマやおもしろかった動画のことをおしゃべりしながら作っていると、

「そこの二人！　無駄話はほどほどに！」

城部長からビシッと注意の矢が飛んできた。

「二人とも、少しは九島さんを見習ってください」

長机の端で、九島さんは背筋を伸ばしてひたすら短冊を作っている。何も聞こえないかのように淡々と。

九島さんってよく分からない。話しかけてこないし、こっちが声をかけてもそっけない。

いっそ、女子の部員はカオ先輩だけでいいのに。

そう思ってしまった自分の毒に気がついてはっとした。いや、さすがにそんな風に思っちゃダメだよ。


わたしがその歌声を聞いたのは、翌週の昼休みだった。

「さーさーのー葉、さーらさら」

給食を食べて家庭科実習室に向かうと、後ろの扉が少し開いていた。歌声はその隙間か

ら流れ出ていた。

『……カオ先輩でしょうか？』

ひょいと扉の向こうをのぞき、

「おー星さーま、きーらきら」

その声の主を知ってわたしは固まった。

『何ということでしょう。

家庭科実習室に現れた歌姫の正体は……九島さんです！　今までほとんど声を出すことのなかった九島さん。しかし今、楽しそうに歌いながら、短冊を作っています。

あれは本当にわたしたちの知っている九島さんなのでしょうか？　生け花部の隠れた歌姫、ここに現る！』

「歌、うまいね」

歌い終えた九島さんに拍手をした。

九島さんは振り返ると目を伏せて、無言で首を横に振った。いつもの九島さんに戻ったみたい。

わたしは九島さんの斜め向かいに座って、短冊にするおりがみを手に取った。

その後はふだんどおりで、城部長とカオ先輩が集まってからも、九島さんの口が開くことはなかった。

笹飾りOK。短冊OK。

六月の最終金曜日の放課後、とうとう笹竹のやってくる日だ。

わたしたち部員四人は校内の駐車場で、ヨシマサ屋さんの到着を待っていた。

梅雨の合間のギラギラした日差しを浴びながら、「日に焼けるー」とカオ先輩は騒ぎ、九島さんは静かにたたずんでいる。

城部長はと言えば、駐車場の脇に植えられたアジサイを愛でている。

「ちなみに、梅雨の花はアジサイだけじゃないんです。今の七十二候は『菖蒲はなさく』といって……誰か聞いてください」

ほんとバラバラだな……。

「あ、いらっしゃいました」

白い軽トラが入ってくると、城部長はぴんっと背筋を伸ばした。

「お待たせ。今年も持ってきたよ」

「吉政さん、ありがとうございます」

「ベッピンさんが二人も入部してよかったなあ」

ワハハと笑うのは、日に焼けたおじさんだ。降り注ぐ日光を跳ね返すような白いTシャツがまぶしい。

おじさんは軽トラから丈の長い笹竹を運び出し、葉のほうを可菜子さんが支えた。

「可菜子さん、代わります。家庭科実習室は五階ですから」

「重くないから平気だよ」

「いえ、僕が」

「去年も運んでくれたよね。ありがとう」

可菜子さんがハンカチで汗を拭って言った。

ヨシマサ屋さんのおじさんと城部長で支えると、笹竹は安定した。

『何と』

城部長の後ろから階段を上りながら、わたしは思わず大きく息を吸い込んだ。

『何と、笹ににおいがあるなんて、十二年間の人生で初耳、いや、初鼻です。

細い葉はまだ瑞々しい緑。さわると、しっとりとやわらかです。ここに来た笹は、ひょっとし

たらついさっきまで、地に足を張っていたのかもしれません。笹竹の仲間たちに別れを告げてノコギリで切られ、こうして湖真学園に運ばれてきたのでしょうか』

「よっし、到着！」

ヨシマサ屋のおじさんが家庭科実習室前で笹竹を下ろし、わたしの実況は竹林から現実に連れ戻された。

七月七日は土曜日だった。

午前で授業は終わったけれど、ようやく家庭科実習室の前に人けがなくなったのは午後二時を回ってから。

部屋の前にくくりつけた笹竹の周りは終礼後もにぎわっていて、なかなか自分の短冊を書けなかったんだ。

今ここにいるのは、わたし一人。クラスメイトの麗奈も塾があるからと先に帰ってしまった。

『たくさんの願いごとを包み込む笹竹は、ゆったりその背を曲げています。

いよいよ綿野あみ、笹竹の隣に設置した机で願いごとを書きます。

選んだ短冊は赤。早月ちゃんにもらった双眼鏡の色です。

一字一字丁寧に……。

【早月ちゃんが約束を守ってくれますように】、よし。

さあ、どこに飾る？

百四十九センチの綿野、手の届くところは、すでに短冊で大混雑です。

こうなったら、と……机に上った！

短冊は笹の上のほうになるにつれて数が少なくなります。

どうせなら、高いところに飾りたい、そんな思いの綿野です。

おっと、他の願いごとを引き離して遥か上、一番高い笹の葉には、もう先客が。青い短冊です。

『一体どんな願いごとなのでしょうか』

実況しているとつい何でも首を突っ込みたくなってしまう。わたしは青い短冊に目を走らせた。

【手荒れがよくなりますように】

『……おや？　何かが記憶に引っかかります。

この筆跡どこかで見たことあるような……。文字は縦長、やけに目立ったトメハネハライ……。

ああ、そうだ！　ヨシマサ屋さんに行った日です。部活用ホワイトボードの文字と今、目の前の文字がピタリと重なった！

まちがいありません。城慶太郎の文字でしょう。

しかしなぜ、城部長の手が荒れるのか。花屋さんでもあるまいし』

ん？　花屋さん？　もしかして。

可菜子さんの、手荒れがよくなりますように……？

『ひ、ひらめいてしまいました……！

生け花部がつぶれないように必死なのも、花壇の水やりを気にしているのも。

その理由は、ひょっとして。

城部長は可菜子さんが好きだから？

可菜子さんに代わって笹竹を運んだ城部長の姿がフラッシュバック！

いや、でもまさか。誰にでも敬語で、笑わなくて、閻魔大王も言い負かす、あの城部長に好きな人だなんて！』

もっとよく見たい。背伸びして短冊を引き寄せた次の瞬間、笹が大きくしなり、わたしは机の上でバランスを崩した。

「うわぁっ」

世界が反転して、背中を床に打ちつけた。

恥ずかしい。誰かに見られたくない。

痛みよりも先に羞恥心に動かされ、手をついて急いで起き上がろうとした。

「……!!」

声も出なかった。

わたしは激痛の走った右手に恐る恐る目をやった。

6　恩返し＆リベンジ

「何で生け花の部活で骨折して帰ってくるんだ？」

その日の夕ご飯、お父さんは包帯を巻いたわたしの小指を見て首を傾げた。心配そうに、というよりも不思議そうに。

「部活中に骨折したわけじゃないよ。部活で飾った笹に短冊を付けようとしたらバランスを崩して机から落ちたの」

フォークでお刺身をつつきながら、わたしは答えた。

「土曜の午後に診療してくれる整形外科探すの大変だったわよ」

お母さんのボヤキが耳に痛い。

お刺身には魚屋さんが付けてくれた小さな菊が添えられている。花というだけで可菜子さんを連想してドキッとしてしまう。

恋の願いごとらしき短冊に動揺して転げ落ちたなんて言えない。

「へえ。で、あみが骨折してまで叶えたい願いごとってのは何なんだ?」

「…………」

『短冊に書かなくても、父親に頼めば再会できるのかもな。そんな思いが頭をよぎります。

いや、ダメです!

早月ちゃんは「夢が叶ったら連絡する」と書き残しました。

それまでは待つ。ここで自分から連絡したら、約束違反です。

忠犬アミ公、ここはじっと忍耐です!』

わたしが黙っていると、代わりにお母さんが口を開いた。

「やだ、中一の女の子が願いごとを父親に話すわけないじゃない。ねーえ?」

「ま、そーゆー感じ」

お母さんだってわたしの願いごとは知らないけど、まあいいや。ここは乗っからせてもらった。

『夏休み、最初の部活です。

お花の稽古の前にするのは、生け花部の秘密のミッション。

七夕の短冊を成仏させます。

長机の上には、分厚い短冊の束。

小指を骨折している綿野、短冊を少しずつちぎっていきます。

このなかに、あの城部長の短冊が。そう思うと、青い短冊を見るたびにドキドキしてしまいます』

そして、とうとう……。

『み、見つけてしまったーっ！　ババ抜きのジョーカーを引き当てた気分！』

「そういえば、城部長遅くない？」

カオ先輩に「ジョーカー持ってるでしょ」と言われたかのように、もう一度心臓が跳ねた。

「そうですね。どーしたんでしょうね」

思わず短冊を裏返し、平常心を装って答える。九島さんも首を斜めに傾けたまま無言。

「先生は、聞いてますか？　城部長の遅刻」

わたしがそう尋ねると、野山先生はノートに部費を書き留めていた手を止めた。

「城くんは、もしかしたらショックを受けてるのかもしれないな」

「ショック？　野山先生、何か知ってるんですか？」

「実はね、今日みんなに話そうと思ってたんだけど、ヨシマサ屋さんが今年いっぱいで閉店するんだ」

「閉店っ⁉　つぶれるんですか？」

思わず叫ぶわたしに、野山先生は寂しげな表情でうなずいた。

「今朝、花壇の様子を見に来た城くんに会ったから、先に話したんだ。そのときはポーカーフェイスだったけど、ショックだったんだろうなあ」

『ま、まさかの大波乱です。ヨシマサ屋さんが閉店……。

生け花部の活動は、そして城部長の恋の行方はどうなってしまうのでしょう！』

「でも、うちの部活的には仕入れ先が変わるだけでしょ？」

カオ先輩が冷静に指摘した。

「まあ、今はインターネットでも買えるからね。昔ながらの個人商店には厳しい時代だよね。花は生活必需品じゃないし」

言われてみれば。

花屋さんの景気なんて考えたこともなかったけれど。ヨシマサ屋さんにも、わたしたちの知らない事情があるのかもしれない。

「遅くなりました！」

勢いよく扉を開け放ったのは、

『来たっ！

ウワサの部長、城慶太郎！　廊下に立ちこめる夏の熱気を背負って登場です。

ん？　腕に抱えているのは、何やら冊子の束。

バンッと、今その束を机に置きましたっ』

「僕らができる、ヨシマサ屋さんへの恩返しを考えました」

城部長は、ホワイトボードにキュッキュッとマーカーを走らせた。

【ヨシマサ屋さんへの恩返し
～生け花部史上初、文化祭での入賞！～】

入賞って？

脳内にハテナが並ぶ一方で、ああ、やっぱりこの字は。わたしはこっそりと手元の短冊と見比べてしまう。

「持ってきたのは、図書室に保管されてる過去の文化祭のパンフレットです。記録によると、生け花部は毎年作品の展示を行っていますが、創設以来一度も入賞したことがありません」

「ちょっと待ってください、文化祭の賞って何で決まるんですか？」

「来場者投票です」

わたしがきくと、城部長が眼鏡を押さえながら答えた。

「文化祭当日、校門前のテントに投票箱が設置されます。クラスや部活など、各部門の三位までに賞が与えられます。部活部門で入賞すれば、表彰されたり、学校だよりに掲載されたりします。そうすれば、ヨシマサ屋さんへの感謝が伝えられるはず！」

眼鏡を中指でぐっと持ち上げる城部長に、

「それハードル高すぎじゃない？　入賞の常連は、チアとかクッキング部とかでしょ。生け花って地味だから敵わないよ」

カオ先輩が手櫛で髪をとかしながら言った。

「アイディア次第です」

部長がマーカーをくるっと回した。

「今年は新しいことをやりましょう。では、アイディアのある人、挙手!」

「…………」

「…………」

「…………」

『む、無茶ぶりです。いきなり言われても、アイディアがポンポン弾けるわけがありません!

生ぬるく冷めた緑茶の底に似た、よどんだ沈黙がたまっていきます。

ああしかし、ホワイトボードの文字が、見れば見るほど短冊と重なります! 今、一つため息をついた城部長、その姿を見ていると……』

「その話、今日はそこまで」

沈黙をずずっと飲み干すように口を開いた野山先生は、パンッと両手を合わせた。

「まだ時間はあるんだし、夏休みの間にアイディア考えてみたら? さあ、残りの短冊を成仏させて、今日のお稽古を始めよう」

今日の花材は夏の代表格、ヒマワリだ。このヒマワリに、ニューサイランという葉を取り合わせるんだって。

「今の七十二候は『ヒマワリ満開』とかですか？」

当てずっぽうで言ってみると、野山先生は「それ、いいねえ」と笑いながら首を横に振る。

「この時期は『鷹乃ちわざをなす』。鷹が独り立ちに備えていろんなことを覚えるころなんだ。七十二候は花以外もあるからね」

「へー、鷹って夏期講習があるんですね！」

わたしは自分の右手の包帯に目をやった。

「わたしも生け花の練習したいけど、しばらく見学します」

「他の人の生け花を見るだけでも感性が磨かれるよ。今日は三人とも創作花をしてもらおうと思うんだ」

創作花。

それはフリースタイルの生け花のこと。

「一番それぞれの個性が表れる生け方だよ。一年生にはまだ早いんだけど、夏休みだしいいかなって」

そう言う野山先生は、うきうきしているように見える。

パッチンパッチン、パッチンパッチン。

軽やかな音が部屋に響き、振り返るとカオ先輩が花ばさみを操っていた。

『軽快なハサミ捌きのカオ先輩。

剣のようにシュッとしたニューサイランを今、花器へと振り下ろした！

続いてヒマワリたちの茎を切る切る切る。速い速い速い。

それをサク、サク、サクと水盤へ。

手元に迷いはありません。

おっと、今度は、残りのニューサイランを丸めて、くるりんぱ！

くるり、くるり、くるり。ニューサイランを次々にピンで丸めます。さあ、それを今、剣山へ』

みるみるうちに、カオ先輩の作品が出来上がっていく。

『一方、九島さんは……。

おや、まだ花器のなかは空っぽです。

右手に持った一輪のヒマワリをじっと見つめています。少し傾けて……また元の位置へ。

今度はゆっくり茎を回します。どの向きで生ければいいか、考えているのでしょう。じっくり、じっくりです。

お、ようやく決まったようです。土に花を植えるように丁寧(ていねい)な手つきで、そっと剣山に下ろします』

初めて気づいた。

同じ種類の花でも、人によって生ける姿がこんなにちがうんだ。

みんなの生ける姿を脳内実況(じっきょう)するのはこれが初めてだ。

「そういえば、綿野さん、なぜ骨折したんですか」

「へっ？」

すでに作品を完成させた城部長に、不意打ちで話しかけられた。

忘れていた短冊事件が一気に脳のトップ画面に現れる。

「えーっと……家庭科実習室の前で一人でソーラン節を踊(おど)ってたら、柱に指をぶつけて……」

絶対、今わたし目が泳いでる。すると、

「なぜ一人でソーラン節なんかしてるんですか」

城部長がふっと笑(え)みをこぼした。

『速報です！　今何と、城部長の微笑みを目撃しました！

笑わない男、城慶太郎。今までそう決めつけていただけなのかもしれません』

『中学三年E組からお送りします。

現在、この教室にはカオ先輩と綿野の二人だけ。カオ先輩は今日のヒマワリで髪飾りを製作中。骨折していなかったとしても、ぶきっちょな綿野は見学です。

カオ先輩、慣れた手つきで花にワイヤーを挿しています。

その手元を見つめながら……綿野あみ、ききたいことが喉元でくすぶっています』

「あみ、さっきから口数少なくない？」

『綿野行け、きいてしまえっ』

「カオ先輩！　もし友達が片思いしてたら、どうしますか？」

「え？　あみが恋バナなんて珍しいじゃん」

なんか意外ー、とカオ先輩は笑った。

そう、わたしの人生の鉄則は、人の恋愛に関わらない。余計な言動で嫌われるのにはもう懲りてるんだ。

でも。

ヨシマサ屋さんがつぶれてしまう。

もし城部長が可菜子さんに恋をしていたとしたら、そのショックは計り知れない。

そんな城部長が文化祭で恩返しをしたいというなら、応援したい。そんな思いが芽生えてしまったんだ。

ああ、もうおせっかい。

黙り込むわたしにカオ先輩が不思議そうな視線を送る。

青い短冊のことは、誰にも言えない。きっと言っちゃいけない。

だけど、ずっと封印していた五年生のときの失敗は、カオ先輩になら……話しても大丈夫かもしれない。ポニーテールを結んでくれたときの笑顔を思い出す。

深呼吸を一つしてから、わたしはカオ先輩に打ち明けた。

友達の好きな人をバラしたなんて「サイテー」って思われるかも。

当時のことを話すうちにどんどん不安になって目線が下がり、最後のほうは机の上のヒマワリに向けてしゃべっていた。

「だからわたしは、人の恋愛には関わらないって決めたんです」

話を聞き終えたカオ先輩は、無言で手先を動かしつづけていた。

やっぱり嫌われちゃったのかな……。

言わなきゃよかった、と後悔がにじみ始めたとき、

「できたっ」

カオ先輩はヒマワリの髪飾りを満足げに眺め、わたしの耳の横に挿した。

「あみは悪くないよ」

「……悪く、ない？」

その一言で、にじんでいた後悔の灰色が、澄んだ水色に変わった。

「あみは応援しようとしたんでしょ？　やり方を間違えただけで」

「どういうやり方だったらよかったんだろう……」

わたしは机にのせていた両腕に顔をうずめた。机の木材のにおいがする。

「あたし、美容師さんに応援してもらったよ」

カオ先輩が笑窪を浮かべてはにかんだ。

「美容師さん？　友達じゃなくてですか？」

「うん。中二のバレンタインでチョコを渡す前日に、美容室に行ったの。雪の日で、あた

し以外お客がいなかった。初めて担当してもらうお姉さんに『明日、高校一年の先輩に告白するから大人っぽくしてください』って言ったら、髪型を一緒に真剣に考えてくれた。前髪の長さ数ミリまでこだわって。帰るときに鏡を見たら……自分で言うのもなんだけど、今までで一番きれいに見えた。すごく勇気がわいて、今の彼氏に告白できたんだ」

彼氏。初恋もまだなわたしは、その言葉にドキッとする。

「うれしくて、美容師さんにお礼を言いに行ったの。そしたらね、『自分の好きな仕事で役に立ててうれしい』って言ってた」

あたし思うんだけど、とカオ先輩は言葉を続けた。

「応援って、自分の好きなことで相手の背中を押してあげることじゃないかな」

カオ先輩は迷いのないまっすぐな目で、わたしにそう告げた。

「だって美容師さんがあたしの代わりに告白しちゃったら変でしょ？『うちのお客さんが君のこと好きなんだって』って」

「う……すっごく変です」

「そうそう。それと一緒じゃない？」

「それと、一緒……」

何て言えばいいか分からない。

ただただ驚いていた。

わたしはわたしの好きなことで応援すればいいのかな。

代わりに告白するんじゃなくて、背中を押してあげるような何か……。

『がんばれ』

遥か昔の記憶が、脳内実況が、蘇った。大勢の視線を受け、指をふるわせていた男の人。

『がんばれ、半田圭！』

そうだ。わたしは脳内実況を始めたころ、教育実習生のポニスケをいつの間にか応援していたんだった。

わたしの好きなことは、実況。

そうだ、もしかしたら。

「カオ先輩！　わたしにもできることがあるかもしれません」

「うん、その調子だよ」

わたしの思いつきをまだ知らないカオ先輩の笑顔を見たら、ご飯をお腹いっぱい食べたときみたいなパワーがわいてきた。

『お腹いっぱいだったはずですが……、綿野あみ、一週間経った今の気分は腹五分目。意気込んで家を出ましたが、学校が近づくと、一歩また一歩と歩くスピードが落ちていきます。

思いついたあのアイディア、はたして城部長の反応はいかに。

ああ、いよいよ校門に足を踏み入れました。

……おっと、遊歩道を歩いているのは、見慣れた後ろ姿です』

「美紗姫、おはよー！」

わたしは駆け寄った。夏休みに入ってから一週間あまりだけど、もっと久しぶりな気がした。

「あ、あみ。おはよう」

美紗姫は笑顔が何だかぎこちない。

クラスで仲良しだった美紗姫は、席替えをした五月ごろから少しずつ、麗奈とわたしから離れていった。

最初は、たまに他のグループと休み時間の教室移動をするようになって、しばらくすると「お昼、あっちで食べていいかなあ？」と遠慮がちに申し出た。おしゃれで目立つ女の子たちのグループだった。

別にケンカしたわけじゃない。美紗姫はもっと自分に合う空気のグループを見つけただけ。今だって友達だ。

そう思えるようになったのは、実は生け花のおかげなんだ。

「綿野さん、つかず離れず、だよ」

ある日の部活で、野山先生にそう言われたことがあった。

「花器のなかで枝や花同士が、ふれてぶつかってはダメなんだ。ほんの少しだけ間を開けると、きれいに見える」

こんな風に、と野山先生はわたしの生けた花の角度を少しだけ変えた。

「ほんとだ……」

窮屈そうな枝たちがほっと息をついたようにのびのび見えた。

それと同じ、かもしれない。

友達だからって、ぎゅっと重なり合うように一緒にいなきゃいけないわけじゃない。少し距離があってもいいのかも。

「美紗姫はこれから部活？」

「うん。午後からなんだあ」

「バスケ部のマネージャー、楽しい？」

「えー？　結構こき使われるよ。夏休みも練習多いし。もっと楽だと思ってたのになあ」

言葉とは反対に美紗姫の表情は明るい。

それを見てほっとした。麗奈とわたしが断ってから、美紗姫は一緒にマネージャーをしてくれる子を見つけるのに苦労していたから。

「あみも部活？　茶道だっけ？」

「ううん、生け花」

「生け花も夏休みに活動なんてあるんだね」

「うん、週一ペースでゆるーく。お盆は休みだし」

「そっか、がんばれー」

美紗姫とは昇降口で別れた。

その背中を見送りながらふと思う。須永くんとは何か進展したのかな。

あのとき美紗姫の恋を応援できなかった。

だけど、今なら生け花部でできることが、きっとある。

よし、やっぱり提案してみよう。


家庭科実習室では、城部長が一人で準備をしていた。水道でボウルに水を入れている。

「ああ、綿野さん。倉庫から自分の使う花器を用意してください」

さっそく指示をしてくる城部長の背中に呼びかけた。

「あの、城部長」

「そうだ、骨折してたんでしたね。座ってていいですよ」

「いえ、文化祭のことなんですけど……」

城部長が手を止め、薄い眼鏡のレンズ越しにわたしを見据える。

緊張で喉がカラカラになる。

先週、カオ先輩の教室で思いついてからずっと考えてたアイディア。変なアイディアだと失笑されるかもしれない。

でも、口にしなきゃ始まらない。

「生け花ショーをやりませんか？」

「……ショー？」

「えっと、生け花って性格が出ますよね。カオ先輩はサクサク生けていくけど、九島さんは丁寧だし。花だけじゃなくて、生ける姿も見てもらいたいんです。そこに実況があれば、生け花を知らない人でも楽しめるんじゃないかなって」

「じっきょう？」

「はい。実況です」

わたしは口の前で、マイクを持つように、包帯の巻かれた右手を構えてみせた。

「生け花の実況なんて、誰か助っ人を呼ぶつもりですか？」

「わたしにさせてください」

体中の勇気をかき集めてそう言った。

「綿野さんが？　実況できるんですか？」

「やってみます」

できます、とは言えない。

これまでずっと脳内で繰り広げていた実況を人に聞いてもらうなんて恥ずかしい。自信もない。

でも、やってみたい。

「それで……ちなみに、ショーのタイトルは、ハジメテヒラクってどうでしょうか？　十一月上旬の文化祭の七十二候は、『サザンカはじめて開く』なんです。わたしたちの生け花ショーも初めて開くから……」

どんなタイトルがいいだろうとあれこれ考えて、生け花部の初日に知った七十二候に行きついた。

これからの寒さが厳しくなる季節に咲き始めるサザンカ。その花言葉を調べたら、『困難に打ち勝つ』。

あっこれだと思った。

もちろんショーはヨシマサ屋さんへの恩返しだけど、誰かの恋をうまく応援できなかった自分に打ち勝ちたい。

そんなわたしのもう一つのテーマが込められている。

「ショーと言っても、どのようなルールで行うつもりですか？　制限時間は設けるんですか？　一人ずつ生けるか、みんないっせいに生けるか、どちらを想定していますか？」

城部長から矢継ぎ早に質問が飛んできた。

「えっと、それは……」

『おーっと、そこまで考えていなかった！　綿野あみ、ピンチです。

一歩、そしてもう一歩後ずさりました。この案はここでボツなのか……』

でも次の瞬間、

「それらをどうクリアするか考えましょう」

「え、それって」

「ハジメテヒラク、おもしろいと思います。みんなが集まったら、さっそく提案しましょう」

城部長の表情は、朝日を浴びた植物みたいにいきいきしている。

「正直、中一がアイディアを考えてくれるとは思いませんでした。お礼を言います」

丁重に敬礼する城部長のつむじが見えた。

7　マイちゃん

　生け花ショーのアイディアは、その日の部活でみんなに紹介された。野山先生はおもしろそうだねと目を輝かせた。

「ショーをするなら中庭ステージだね」

「中庭ステージ？」

「東校舎と西校舎に挟まれた中庭があるでしょ？　文化祭の日には、あそこに特設ステージが組み立てられるんだ」

　一年生はまだ知らないよね、と野山先生は微笑んだ。

「まず企画書を作って、二学期になったらすぐ郷本先生に渡そう。ＯＫが出れば実現するよ」

「郷本先生⁉」

それって閻魔大王じゃん！　思わずきき返すと、野山先生がつけ加えた。

「郷本先生が文化祭の責任者なんだ」

わたしの頭のなかだけにあったアイディアが閻魔大王に認められるかな。期待も戸惑いも混ざり合ってマーブル模様だ。

「ショーなんてちょっと楽しそう。どんな髪型で出ようかなー」

今日はハーフアップにしているカオ先輩もほめてくれた。

「カオ先輩のおかげで思いついたんです」

「え、何それ？」

不思議そうにしているカオ先輩に、「気にしないでください」とわたしは手を振った。

そして、わたしはカオ先輩から、今日まだ一度も口を開いていない人物に目を移した。

九島さん。

賛成に手を上げてくれたけど、本心は分からない。

実況をするために必要なこと。それはまずその人を知ることだ。

「ねえ、九島さん、夏休みどこか遊びに行かない？」

その日の帰り道、わたしの急な誘いに、九島さんは目を丸くした。

無理もない。今まで二人で帰ったこともなかったんだもん。今日、九島さんに一緒に帰ろうと初めて声をかけた。

実況のためには、九島さんの取材も必要だから。

「わたし、明後日から日本にいないから……」

「海外旅行？　いいなあ、わたしなんて外国行ったことないよ。どこ行くの？」

「……ベトナム」

「へえ、ベトナムって暑そうだね。日本も超暑いけど。ベトナムで何するの？」

「……おばあちゃんの家に行くの」

「えっ、九島さんのおばあちゃんってベトナム人なの？」

「……お母さんも」

「九島さん、ハーフだったの!?　知らなかった」

「……特に、誰にも言ってないから」

『**驚きの事実がここに判明です。今まじまじと見つめてみると……。**

わたしより小柄でボブヘア。濃いまつ毛で黒い瞳。ひかえめな鼻。肌はやや白めです。

たとえ目の前で生春巻きを食べていてもベトナム人とのハーフだと気づかなかったでしょう』

「九島さんって、下の名前何だっけ」

『わーバカ！　綿野あみ、痛恨のミス！

同じ部活なのにフルネームも覚えてないなんて、しかもそれを本人にきいちゃうなんて……

大、失、敗』

「麻衣。九島麻衣」

「へえ、日本の名前なんだね」

九島さんがふつうの調子で答えてくれたことに胸をなで下ろす。

「マイは、ベトナムの花の名前なの。テトのころに咲く黄色い花」

「テトって？」

「旧正月のこと……」

わたしはどこかで聞いた記憶を手繰り寄せる。旧正月は、確か一月後半とか二月くらいにある、昔の暦のお正月だ。

「そうなんだ。明後日からベトナムなら、明日遊ぼうよ。どこか行きたい場所ある？　この駅の近くのショッピングモールとか、ゲーセンとか」

「………」

難しい顔で黙り込んでしまった。

「あー、ごめん。旅行の準備とかあるよね、明日なんて急だったかな」

あきらめかけたわたしは、あることをふっと思いついた。七夕の準備のときのこと。

ダメもとできいてみよう！

「九島さん、カラオケは？」

その単語を聞いて、九島さんの表情がぱっと変わった。

「……行く」

「うん、行こう行こう、カラオケ」

『やった！

取材の約束、成功です。

九島麻衣、やっぱりカラオケ好きでした。

さあ、ここで連絡先交換と思いきや？　おっと、九島さんスマホを持っていませんでした。

イエ電の番号をメモしてくれている九島さん。当日はどんな歌を聴かせてくれるのでしょう』

もちろん実況のための情報収集なんだけど、何だかわたしは九島さんのことをもっと知りたくなってきていた。

「いえぇーいっ！」

『こちらカラオケポンポンの三〇八号室です！　ご覧ください、信じられない光景が目の前に広がっています。

ベトナム生まれのヤマトナデシコ九島麻衣、ソファの上で熱唱です。

その隣、楽し気にマラカスを振っているのは、何と九島さんのお母さんですっ。

まさかまさかお母さんがついてくるとは！　中一だけのカラオケが、よっぽど心配だったのでしょうか』

途中、九島さんがトイレに席を立ったとき、

「あみちゃん、ありがとうね」

蛍光塗料が光る部屋で、九島さんのお母さんがふと真顔になった。

「何がですか？」

「麻衣は小学校に上がるまで、父親の仕事でベトナムに住んでたの。私たち両親とおばあちゃんの四人で。麻衣はおばあちゃん子だから、日本語よりベトナム語のほうが得意だっ

た。日本の学校に入ったとき、日本語がなまってるっていじめられて、小学校ではほとんどしゃべらなかったの。だから、中学でお友達ができてよかった」

大学時代、日本に留学していたというお母さんは、なめらかな日本語でそう言った。

「今日一緒に来たのは、お礼が言いたかったの。麻衣と友達になってくれてありがとう。これからもよろしくね」

「いや、そんな……」

『綿野あみ、お礼を言われるようなことはしていません。実況の取材で誘っただけなのに。純粋な友達じゃない。ほんのりとした後ろめたさを感じます……』

カラオケを出た後、「二人で甘いものでも食べていったら」と九島さんのお母さんがくれたおこづかいで、ドーナツショップに入った。

「九島さんってほんとに歌がうまいね！　ビックリした」

「ううん、そんなことない。歌うの好きなだけだよ。お母さんまで一緒に来ちゃってすごく恥ずかしい」

『九島さん、自分で気づいているでしょうか。
学校ではほとんど単語しか話さなかったのに、カラオケから出てきた九島さんは、ふつうに話してくれてます』

「そんなに歌がうまいなら合唱部とか軽音楽部でもやっていけそう。どうして生け花部に入ったの？」

取材を兼ねてきいてみると、

「…………」

う、沈黙。何か別の質問にしなきゃと焦っていると、九島さんが小さな声で答えた。

「……しゃべらなくてすむから」

九島さんは目を伏せたまま、ジュースのストローの袋を小さく折りたたみながら言った。

ああ、そうか。九島さんのお母さんの言葉が耳元で蘇った。

「九島さん、全然なまってないよ。小学校のころはどうだったか分からないけど、今しゃべってる発音は全然変じゃない」

本心だった。九島さん本人がなまっていると感じるならきっと気のせいだ。

「……ほんと？」

「ほんと！」

わたしは気づかないうちに前のめりになっていた。もう実況のためだけじゃない。

「もっと聞かせて。マイちゃんの話。もっと知りたい」

思わず名前で呼んでしまった。何だか熱すぎて引かれてしまったかな。そう思っていると、テーブルにポタッとしずくが落ちた。

「……ありがとう」

目をごしごしとこすりながら、マイちゃんがつぶやいた。

「綿野さんたちが話してるの、楽しそうだなって思ってた。でも勇気なくて。……ほんとは、わたしもしゃべりたかった」

涙目で微笑むマイちゃんは、水が上がった花みたいにうるおって見えた。

ただの大人しい子だと思ってた。包み隠さず言えば、ただの暗い子だと思ってた。

カオ先輩とばっかりしゃべっていたわたしは、マイちゃんが黙っている理由なんて考えたことがなかった。

ごめん。マイちゃん。

「ただの」の一言で片づけられる人なんていないのかもしれない。

お盆休み明けの部活。お稽古が終わると、わたしたちはハジメテヒラクの企画書の内容を話し合った。

そのとき、マイちゃんは生け花部のみんなにベトナムのおみやげを配ってくれた。

おみやげは、蓮の実のお菓子。小粒のぶどうの実ほどの大きさで、薄い黄色。砂糖がまぶされている。

「へえ、蓮ってこんな実がなるんだ」

カオ先輩がそう言うと、

「ベトナムではスーパーとかで売ってます。小さいころ、わたしもおばあちゃんの家でよく食べてました。えっと、わたしのおばあちゃんもお母さんもベトナム人で……」

その声は少し緊張気味だったけれど、マイちゃんがハーフだと知っても、誰もそんなに驚かなかった。

「うちの学年もハーフ多いよ。ていうか、これウマ。甘納豆みたい」と、さっそく頬張るカオ先輩。

「ベトナムの国花といえば蓮の花だよねえ。最高のおみやげをありがとう」

と、やけに感動している野山先生。

城部長はというと……。

「そういえば知ってますか？」

「何を？」

きき返すわたしたちに、眼鏡を持ち上げて得意げに語った。

「ジョウロの先の水が出る金具部分も『蓮の実』と呼ばれてるんですよ。蓮の実が入っている穴と形状が似ているので」

「マニアックすぎ！」

「出た、ジョウロ部長！」

カオ先輩とわたしの声が重なり、マイちゃんはぷっと吹き出した。

蓮の実をつまみながら、ハジメテヒラクの話し合いは進む。

「制限時間は、どうします？　一人十分くらいが妥当かと思いますが」

「長いよー。五分くらいで創作花がいいんじゃない？　通りがかりの人がサクッと見られる時間がいい。創作花なら個性も出るし」

「でも、五分では一年生の九島さんが大変ではないですか？」

先輩二人の視線がマイちゃんに投げかけられる。

ふだんのお稽古では、だいたい三十分から一時間程度かけて花を生ける。

五分なんて確かに荒業だ。

マイちゃんが困ったように首を傾げた。

「じゃあ、試しにやってみる？」

野山先生は花の入ったバケツに目をやった。そこには、骨折したわたしの花が余っている。

「そうですね。ショーのイメージをつかんでおきたいです。なんせ入賞を目指すんですから」

城部長が立ち上がり、ちゃちゃっと準備を進める。

「この机をステージとして、実況席は……」

「実況もやるんですかっ？」

「当然ですよ、綿野さん」

『や、ば、い！

気分はノー勉強でテストに臨む朝。ここにはカンペもありません。

これはもう、降参するしかありません！』

「あ、あの、言い出しっぺで何ですけど、わたし人前で実況したことないんです。いつも頭のなかで、教室の様子とか実況するのが好きなだけなんです。生け花も今まで脳内実況してただけで……。だから今日いきなりっていうのはちょっと……ごめんなさい」

「へえ、脳内実況？　いいじゃん、それ聞かせてよ」

「え？」

「あたしたちは聞いてないと思って、脳内実況のつもりでやってみれば？」

……脳内実況で、いいの？

自分の部屋で脳内実況を声に出すと思えばいいのかな。

カオ先輩の言葉に、すっと肩の重荷が下りた気がした。

「あみちゃん、一緒にやってみよう？」

マイちゃんがわたしのシャツの脇腹あたりをチョンとつまむ。

まっすぐな瞳で見つめられて、コトッと気持ちが動いた。

一番緊張するのは、生け花を披露するマイちゃんのはず。

わたしの役目は……応援すること。

やってみる。

わたしは実況席に着き、マイク代わりに左手のこぶしを握った。

「口を開けば、ほのかに残る蓮の実の味。

みなさん、こんにちは。ハジメテヒラク一回目の練習です。披露してくれるのは、生け花部の一年生、九島麻衣ちゃん。実況は同じく一年生の綿野あみ。一年生コンビでお送りします」

「では行きますよ、スタート」

城部長が腕時計でカウントする。

「始まりました!

今日の花材はユキヤナギとリンドウ。

挑戦するのは、創作花です。

マイちゃん、まずは枝をじっと眺めます。

枝は生もの。見る方向によって、その表情が変わります。

あ、それって……人と同じかもしれません。この人はこういう人って思っても、他の表情が隠れてる。決めつけることなんてできないのかも……。

今、ユキヤナギをパチンとカット！

うまい！　生け花歴はまだ四か月。それでも練習の成果が出ています！」

「二分経過、残り三分です」

「リンドウの青紫の蕾は、ろうそくの火の形。大人っぽい秋の花です。

あ、そういえば！　ベトナムにも季節の花があるそうです。

旧正月に咲くマイの花。それがマイちゃんの名前の由来です。大好きなおばあちゃんが名づけてくれました」

「へえー、そうなんだあ」

カオ先輩たちの驚きが聞こえる。

「あ、添え木留めだ。そっと枝を支える添え木は、縁の下の力持ち！」

「細かな葉がサワサワと揺れるユキヤナギ。あれが腕にふれると、猫じゃらし並みにくすぐったい」

「高さのちがう二本のリンドウが寄り添います。何となく……マイちゃんとおばあちゃんをイメージするのはわたしだけでしょうか」

「タイムアップ！」

え、もう?

夢中で実況しているうちに五分が経過していた。

「完成です! マイちゃんに大きな拍手をお願いします!」

花ばさみを置いたマイちゃんは、ほうっと息をついた。

「すごくいい感じだね。九島さん、五分でよくここまで生けたねえ。この調子ならハジメテヒラク、実施できそうだね」

「本当ですか?」

野山先生の言葉に、マイちゃんの頬がきゅっと上がる。

「そうだな、手直しするとしたら、ここの葉を……」

野山先生がアドバイスを始めると、

「綿野さん」

城部長に呼ばれた。

「はいっ」

背筋に緊張が走る。

初めて、実況を聞かせてしまった。

恥ずかしい。何か変なことも口走ったかもしれない。

お願いです、怒らないでください、仲間外れにしないでください。

「驚きました。実況のスイッチが入ると別人ですね」

「え、それって」

ほ、ほめられてる……？

「実況、おもしろかったよ。いつも頭のなかでこんなことしてるの？　もっと聞きたいって思っちゃった」

カオ先輩まで！

脳内なら誰にも嫌われずにすむと思ってたけど……。

口を開いても、声に出しても、大丈夫だった。

わたしの手は無意識にポケットのお守りにふれていた。

「マイちゃんの名前の由来とか紹介してくれたじゃん？　あーいうの、よかったと思う。何となく、知ることができるとうれしいもん」

カオ先輩の言葉にうなずきながら、わたしは実感する。

実況のメインはもちろん生け花だけど、マイちゃんについても知ってもらえるのが何だかうれしい。

「マイちゃん、おつかれさま！　手伝うよ」

花を片づけ始めたマイちゃんに声をかけた。

「あみちゃん」

マイちゃんが微笑んだ。

「実況してもらえるのって心強いね。何ていうか、あみちゃん、守護霊(しゅごれい)みたいだった」

「守護霊って。わたし生きてるよ？」

そう笑いながら、込(こ)み上(あ)げてくる気持ちを言葉にした。

「あー、楽しかった」

マイちゃんのための応援だけど、自分も楽しんでいた。

脳内実況じゃ、味わえなかった。実況を人に聞いてもらうとこんな気持ちになれるんだ。

家庭科実習室の壁紙(かべがみ)が貼(は)り替(か)えられたように、白くまぶしく見えた。

8　ジョウロ部長誕生の日

『早くも夏休みの最終活動日となりました。

右手の包帯も外れた綿野あみ。今日から花ばさみを握れます。

というわけで、はりきって花材をご紹介しましょう！

鶏のトサカに似ているから、鶏頭。赤くて短い毛が、絨毯みたいな手触りです。

そしてもう一種類は……』

「今の七十二候は『綿のはなしべ開く』っていうんだ」

野山先生が枝を顔の前にかざした。枝のところどころに、ウズラの卵ほどの綿が付いている。

「ワタノハナシベ？」

「綿の花が咲き終わって、こんな風に白くてふわふわの綿が出てくる季節のこと」

野山先生は綿の枝をわたしに手渡した。

「へー、綿ってかわいいサイズ。こんな風にできるんだ」

「自分の苗字の植物のことくらい、覚えておいたほうがいいですよ」

城部長が口を挟んだ。

相変わらず上から目線だなあ。

ハジメテヒラクの企画が通れば、当然だけど、城部長のことも実況することになる。

城部長を実況するのって難しそう……。カオ先輩やマイちゃんよりも距離を感じる。

マイちゃんみたいに「遊ぼう」なんて誘えないし。

もとはと言えば、ヨシマサ屋さんに恩返ししたい城部長を応援したくて思いついたショーだけど、ちょっと不安かも。

その日の帰り道は一人だった。(カオ先輩はバレー部の彼氏さんと待ち合わせ。マイちゃんは夏休み開室日の図書室に寄っていくんだって)
電車を降りて、駅の階段を下っていたわたしはふと足を止めた。腕が軽い。ない。花がない。

花を持ち帰る手提げバッグが、わたしの腕から忽然と姿を消していた。

「網棚！」

ああそうだ、バッグを持つのがおっくうで網棚に載せたんだった。

回れ右！

わたしは階段を二段飛ばしで駆け上がる。

『さあ間に合うか、綿野あみ！

目の前に座っていたおじさんの人間観察をしていた時間が悔やまれます。時間よ、どうか巻き戻ってくれ』

いやいや、脳内実況してる場合じゃなくて！

「次に到着します電車は、十六時三十二分発……」

「……行っちゃった」

ホームには次の電車のアナウンスが流れている。

駆け上がったときより十倍重い足取りで階段を下り、改札口の駅員さんに話しかけた。

「悪いんだけど、終点まで忘れものは確認できないの。あなたが乗っていた電車はあと一時間で終点に着くわ。もし網棚に花があれば、そこで回収します」

気の毒に、というように眉を下げて、女性の駅員さんは微笑んだ。

『終点。その二文字に目が点です。

終点は路線図のずっと先、ここから一時間近くかかるでしょう。

電車賃だって足りるか不安。

しかし！

今日の花材は、鶏頭と綿。何といっても『綿』は綿野あみの綿です。

分身を見捨てるわけにいきませんっ』

「どうしました？」

切羽つまっていたわたしは、背後から声をかけられた。

「城部長！」

「定期でも落としましたか」

「お花を電車の網棚に忘れちゃって……。終点まで回収できないみたいなんです」

城部長は顔色を変えず、腕時計を見た。

「次の電車で迎えに行きましょう」

「え？　ウソ、城部長も一緒に？」

「一人のほうがいいですか？」

「い、一緒に来てください！」

『まさか、まさかの展開です。駅のホームに向かう城部長と綿野あみ。今から花を迎えに行く列車の旅に出発です』

「そうだ、ちょっと待ってください」

城部長はホームでスマホを取り出した。

「塾に欠席の連絡をします」

「今日塾だったんですか？　それならわたし一人でも大丈夫です！」

「かまいません、『綿のはなしべ開く』の季節に綿野さんに振り回されたと思えば納得できますから」

「それ関係ない気が」

今じゃない季節だったらどうしたんだろう。まあ、そんなことききかないけど。

電車がホームにすべり込んできた。

帰宅ラッシュにはまだ早い。城部長とわたしは並んで座席に腰を下ろした。

あ、もしかして。

これって城部長を取材するチャンスかも！

「城部長はいつから花壇の見回りをしてるんですか？」

「中学三年からです」

「じゃあ生け花部に入ったのは……」

「同じく中三からですよ」

「えっ、もっと昔からだと思ってた」

『ジョウロ部長の誕生秘話、がぜん興味がわいてきました！』

「そのときのこと、よかったら教えてください」

城部長は少し間を開けてから、「綿の季節に免じて」と前置きをして語り始めた。

「職員室前の花壇は毎年二回、五月と十月ごろに植え替えをするんです」

「植え替えなんてしてるんですか。知らなかった」

「僕も知りませんでした。中三の放課後通りかかったときに、見慣れない人が花壇に苗を一人で植えてたんです。僕は当時生徒会役員になったばっかりだったので、素通りできずに声をかけました。それがヨシマサ屋さんを知った最初のきっかけです。それまでは、学校がお世話になっている花屋さんがあるなんてことも知りませんでした。思えば入学式や卒業式、生徒会の選挙のときも、いつも花が飾られてるのに」

「……花壇で会ったのって、可菜子さん、ですか？」

わたしはドキドキしながらきいた。

「そうです。ぎっくり腰になってしまった校務員さんに代わって、植え替えをしているんだと聞いて驚きました。いくら卒業生だからって、学校のためにそこまでサービスするなんて、お人好しすぎです。しかもその日は十月なのに真夏日でした」

可菜子さんなら、やりそうだ。ふわふわした笑顔で、丸いおでこに汗を光らせながら。

「当時は花に興味もなかったですし、土いじりも好きじゃなかったんです。何の花の苗なのかもよく分かっていませんでした。でも、手伝うと意外と楽しかった。どんな花を咲かすのか楽しみになりました。作業が終わった後、ヨシマサ屋さんが職員室の窓を見ながらぽつりと言ったんです。『昔から、先生たちは水やり当番を忘れがちだから心配だ』と。枯らすわけにはいかないと思いました。そこからです。この学校の花は僕が見守ると決めました」

生徒会役員ですから、と城部長は言い訳のようにつけ加えた。

そっか、きっと、このときだ。思いついた次の瞬間には、つるりと口がすべっていた。

「そのとき可菜子さんに恋したんですね！」

「…………」

「あ、いや、その……今のナシッ！　ナシですっ」

『や、やってしまいました。

綿野、また失言です！　ブンブン腕を振りますが、手遅れです。

切れ長の、城部長の目が丸くなる。ああ今、向かいの席の学生がチラチラとこちらを気にしているのが分かります。

こうなったら、もう正直に打ち明けるしかないでしょう！』

「七夕の日、これを見たんです……」

わたしは鞄から青い短冊を取り出した。ちぎり捨てることができなかったんだ。

「それで、ビックリしちゃって、机から転げ落ちて……」

「じゃあ、骨折は僕の短冊が原因だったんですね」

僕の短冊。

やっぱり、可菜子さんへの恋心だったんだ。

「ごめんなさい！」

わたしは、膝につくほど頭を下げた。そうしないと、五年生のときみたいに、きっとまた嫌われてしまう。

「誰にも言ってません。これからも誰にも話しません。生け花部のみんなにも、もちろん可菜子さんにも」

でも、降ってきたのは、意外にも穏やかな声だった。

「別に謝ることはないですよ。短冊を飾ったのは僕ですから」

「でも……」

わたしが、おずおずと顔を上げると、城部長はまっすぐ向かいの窓を見ていた。

「高校生じゃ相手にしてもらえないと分かってます」

次の瞬間、長い指を広げて眼鏡の両端を押さえ、顔を覆った。

「子どもじみたことをしました。誰にも見られないように、高い位置につるしたのですが……」

え、照れてる？

『城部長にこんな表情があったとは。

耳たぶが赤く染まっています。

塾をわざわざ休んでつき合ってくれたり、可菜子さんのことで照れたり、いつもの城部長からは想像がつきません。

カオ先輩とマイちゃん、そして城部長も。少し角度を変えれば、知らなかった一面が見えてきます。

それって、やっぱり、生け花の枝みたい』

「終点、着きましたよ」

低い声に起こされた。

「ふわっ？」

「綿野さんは、どこでもすぐ寝るんですね。僕は花が気がかりで眠れませんでしたけど」

あきれ顔で先に電車を降りようとする城部長をあわてて追う。駅にデパートが併設されているこの駅は大きくて、帰宅ラッシュが始まったせいかホームも賑わっている。

改札で花を忘れたことを伝えると、駅員さんが奥から持ってきてくれた。

「これですか？　さっき回収しましたよ」

「はい！　この子です！」

『感動の再会。綿野あみ、花用のバッグをぎゅっと抱きしめて、バッグからのぞく白い綿に頬ずりです』

「花を人みたいに言うんですね」

「それは、おたがいさまです」

城部長にそんなことを言われたのがおかしくて、わたしは笑いながらそう答えた。

それにつられたのか、城部長が笑った。

帰りの電車では、城部長とわたしの二人分の花用バッグを網棚に載せた。

「大丈夫ですよ、綿野さんとちがって、僕は忘れませんから」

不安げなわたしにそう言う城部長はいつもどおりそっけなくて、さっきの照れていた顔とは別人みたいだ。

でも、どっちも城部長なんだよね。

電車に揺られながら、早月ちゃんの言葉をふと思い出した。

【実況するってことは、その馬や人を知るってことだからね】

早月ちゃん、わたし生け花部で実況をすることにしてよかったよ。

9　パチンと捨てちゃえ

「ハジメテヒラクの企画、通ったよ！　中庭ステージで二時四十分から」

野山先生が企画書を片手に家庭科実習室に来たのは、二学期最初の部活の日だった。

「まずは計算どおりですね」

「やった、ラスボスの郷本クリア！」

「わあ。あみちゃん、よかったねえ」

三人がそれぞれの反応を見せるなか、

「どうしたの。あみ。ぼーっとして」

「ホントに実現するんだ、と思って……」

もちろん、うれしいんだけど……。あれ、おかしいな。心にモヤがかかり始める。

わたし、ステージでマイクを持って、しゃべるんだ。今までの人生で、そんな経験したことないよ。

何だか、とんでもないことを提案してしまった気がしてきた。

「わたし、実況できるかな……」

「夏休みのときの調子で大丈夫だよ。そうだ、本番に向けて発声練習とかしてみたらどうかな」

野山先生の提案に、マイちゃんがうなずいた。

「あみちゃん、わたし練習つき合うよ。よかったら昼休み、校庭とかでやってみない？」

「校庭？」

「うん、中庭より広いからいいかもって」

昼休みの校庭を思い浮かべた。放課後みたいに運動部が活動しているわけじゃないけど、人目は避けられない。

『綿野あみ、どうしたのでしょう。

これじゃまるでスタートのピストルが鳴っても、一歩を踏み出せないランナーのよう』

ダメだ。しっかりしなきゃ。

「うん、練習いいね。やろうやろう」

そう笑ってマイちゃんとハイタッチをしてみたけれど、心のモヤモヤは消えなかった。


翌日の昼休み、お弁当を食べ終わった麗奈が、

「さ、図書室行こ」

いつものように立ち上がった。わたしもふだんは一緒に行くんだけど……、

「あのさ、麗奈。わたし、文化祭までの間、部活の昼練があるんだ」

「昼休みも生け花するの？」

「そうじゃないんだけど」

「じゃあ何？」

麗奈が首を傾げる。

ああ、あんまり言いたくないな。

「……発声練習」

わたしはポソッと答えた。

「発声練習？　何で？」

「……わたし、実は生け花のショーで実況するんだ」

「実況⁉　あみ、文化祭で実況なんてするの？」

「麗奈、声大きいよ」

わたしはキョロキョロと教室を見回した。

「だって、あれでしょ？　実況って、『ゴールッ！』とか叫んでるやつでしょ。あみがそんなことするの？」

　信じられない、と麗奈の顔に書いてある気がした。

　そうだよね。らしくないってことは、自分でもよく分かってる。わたしは教室で、全然、盛り上げ役というわけじゃない。昼休みは本好きな麗奈につき合って図書室で過ごす（というかお昼寝する）ことが定番だったし。

「まさか部活の先輩に押しつけられたの？」

『まるで掃除当番みたいに言う麗奈。

言えません、自分が思いついたなんて言えません』

「嫌なら嫌って、はっきり言ったほうがいいよ」

　麗奈はそう言い残すと、一人で図書室に向かった。

　はあっ、とわたしはため息をつく。

教室で一番仲良しの麗奈にさえ、実況することを知られるのが恥ずかしいなんて。

『綿野あみ、こんな調子でみんなの前で実況できるのでしょうか。

おしゃべりが上手なわけじゃない。しかもポロッと失言しがち。

そんな綿野が実況なんかして、本当に大丈夫でしょうか。

「イメージとちがう」、きっとそう思われるはず。

イメチェンと言えば聞こえはいいですが、変なことをしゃべったら……、マイナスイメージという大ダメージ！

しかも、ステージのお客さんは、このクラスの人たちだけじゃありません。たくさんの上級生も一般のお客さんもいる。どうする、綿野あみ』

とぼとぼと校庭へ向かうと、昇降口を出たところにもうマイちゃんが待っていた。

「外はまだ暑いねー」

「マイちゃん、ごめん。……わたし今日、ちょっと喉が痛いんだ」

「え、どうしたの？　大丈夫？」

「たぶん、夏風邪かなー。あ、わたしバカだからか」

苦笑いでごまかしてから、そっと申し出た。

「えっと発声練習、延期させてもらえるかな」

「うん、もちろん。治ったら言って。いつでもつき合うからね」

何も疑っていないその笑顔(えがお)に胸が痛む。

ああ、ごめん。ウソついて、ごめん。


翌週の部活。家庭科実習室に向かうと、野山先生だけがいた。

「ああ、綿野さん、さっきヨシマサ屋さんが花材を届けてくれたところだよ」

野山先生の足元のバケツには、新聞紙に包まれた人数分の花材が入っている。

「先生、あの……ハジメテヒラクは、実況なしじゃダメですか？」

わたしは先生ではなく花を見下ろしながら、おずおずと口にした。

生け花部のみんなに話す前に、まずは野山先生の反応を見てみたかった。

「綿野さん、どうしたの？」

「自分からショーの実況をやりたいって申し出たのに、企画書も通ったのに、今さらやめたいなんて自分勝手だって分かってるんですけど……。ちょっと色々考えちゃって」

きっと、正直に言ったらゲンメツされる。

だってわたし、生け花部よりも自分を大事にしようとしているから。

生け花部のみんなを応援したいという気持ちはある。ヨシマサ屋さんへの恩返しに協力したいという気持ちだってある。

でも、それ以上に怖いんだ。

実況なんて教室の「綿野あみ」のイメージからはみ出している。そのはみ出した部分を見せる勇気がないんだ。

ハジメテヒラクを思いついたときは、これは恩返しとリベンジだなんて思ったのに。

そう。わたしは怖じ気づいた。

「もし実況がなくても、ショーは成り立つとは思うよ。たとえばＢＧＭをかけるとかね」

野山先生は落ち着いた口調で言った。

『実況がなくてもショーは成り立つ。その言葉に、ほっとすると同時に、ほんのり寂しくなるのはなぜでしょう』

そのわたしの寂しさをすくいとるかのように、

「本当に実況やめたい？」

野山先生がわたしに確かめた。

「……分からないんです」

『綿野あみ、自分の気持ちが分かりません。実況したい、したくない。花びら占いしたい気分』

「もう少し考えてみてもいいんじゃない？」

ン〜ッと、野山先生は腕を天井に向けて伸びをした。

「実況するもしないも綿野さんの自由だよ。生け花部なんだから、実況しなきゃいけないなんてことはない」

野山先生は「それとね」とつけ加えた。

「いろんなことを考えすぎて心がごちゃごちゃになったときには、生け花が効くんだよ」

「効く？」

「そう、生け花は引き算の練習だからね」

「引き算って……」

その意味をかみしめる間もなく、ガラッと家庭科実習室の扉が開き、城部長が現れた。

「今日もよろしくお願いします」

律儀に挨拶する城部長に、野山先生はさらっと言った。

「城くん、ショーの練習は来月からにして、それまではいつもどおりお稽古をしよう」

「来月ですか？　企画書も通ったんですし、早く文化祭の練習を始めたほうがいいのでは？」

野山先生は笑みを浮かべたまま、城部長の言葉をかわした。

「大丈夫、大丈夫。さあ、花器を準備しよう。今日はススキとユリだよ」

この日、わたしが実況をやめたいと言ったことを野山先生は誰にも話さなかった。


「ねえ、早月ちゃん。わたしどうしたらいいんだろ……？」

部活から数日経った晩。ベッドで寝転がってつぶやいた。

部屋にはいい香りが漂っている。

ユリだ。そして、それを引き立てるようなススキ。学習机に置いた白い花器で、見事に咲き誇っている。

リビングに飾ってあったんだけど、お父さんはユリの華やかな香りが苦手で、わたしの部屋に移動させることになった。

こんないい香りなのにな。

牡丹が百花の王なら、ユリは女王って感じ。

学習机は女王にゆずって、ここ数日のわたしはベッドで過ごしている。宿題するのも、スマホをいじるのも。

ベッドに転がりながら、わたしは一冊の本を開いた。

その本は、『ボイストレーニング　目指せ実況アナウンサー！』。

早月ちゃんがこの部屋に置き忘れたものだ。わざわざうちに取りに来なくても、また買えばいいと思ったのかな。

今までも時おり、わたしはこの本を開いていた。たくさんの書き込みやアンダーライン。それを目で追うと、早月ちゃんがそばにいるような気がして。

『大観衆の競馬場に比べれば、学校の中庭ステージなんて豆粒（まめつぶ）ほどの大きさです。しかし、その中庭が宇宙規模に感じられる綿野あみ』

早月ちゃんが今のわたしを見たら何て言うだろう。

「もー、ちっちゃなことにうじうじ悩（なや）んでダサいなー」って笑い飛ばしてくれるかな。

会いたいよ、ヒーロー。

早く約束叶（かな）えてわたしの前に現れてよ。あの不敵な笑顔で励（はげ）ましてほしいのに、どこで何しているんだろう。

「うぎゃっ」

手がすべって、本が顔にバサッと降ってきた。

その拍子に本のカバーが外れてしまった。カバーを戻そうとすると、

「あれ？　裏表紙に何か貼ってある……」

ノートから無造作に破ったような白い紙が一枚、テープで留められていた。それを読んでみると……。

【4月17日】

就活の合間の休日。初めての競馬観戦。バイト先の先輩に連れていかれて、正直特に期待してなかった。でも、楽しかった！　だって同い年の女性ジョッキーがいたんだよ？

ビックリ。馬に乗るのは男だけだと思ってた。

彼女の結果は、五着。でも飛ぶように走る馬に乗る姿はジャンヌダルクみたいだった！

（ジャンヌダルクがどんな風に馬に乗ってたか知らないけど）

就活してて身に染みた。くやしいけど男子のほうが絶対有利だって。

そういえば、競馬の実況だって男性だらけだよね。何でだろ？

だから、決めた！

競馬の実況アナウンサーを目指そう。

私は馬に乗ることはできないけど、声で応援することはきっとできる。

それで、いつか女性ジョッキーが優勝するレースを実況するんだ！　観ている女性にも勇気を持ってもらえるような、そんな実況をするんだ。

私、競馬の実況アナウンサーになる！


最後の一行は罫線をはみ出す大きさの文字で、早月ちゃんの興奮が伝わってくる。

これ、日記だよね。実況アナウンサーになる夢を見つけた記念日。だからきっと、ノートから破ってこの本に貼っておいたんだ。

もう、そんな大事なものをうちに置き去りにするなんて。

「何やってんの、早月ちゃん」

そうつぶやいて、わたしはもう一度その日記を読み返した。

「声で応援することはきっとできる……」

日記の言葉を唱えてみる。

早月ちゃんも、誰かを応援したいっていう気持ちが実況のきっかけだったんだ。まるで早月ちゃんがわたしの背中を押してくれるような気がした。

でも、でも、わたしにはヒーローみたいな度胸ないし……。

ああ、また振り出しだ。

寝ころんだまま机の上の生け花を見つめる。

凛としていて、美しい。ウツクシイ、なんて言葉をふだん使わないけれど、その言葉がしっくりくる。

わたしも、あんな風に凛とした姿になれたらな。

「生け花は、引き算の練習……」

ふと、野山先生の言いたいことが分かった気がした。鞄から花ばさみを取り出す。ひんやりした手触りが心地いい。

「花ばさみを握ったまま、目を閉じます。

牡丹の季節に始まって、この数か月で色々な枝と出会いました。

生け花は引き算。

余分な葉っぱは、容赦なくパチンと切り落とします。

もったいない、そう思ってもパチンパチン。

その先に、凛々しい姿が現れる。

もし、心が一本の枝だとしたら。このモヤモヤは、その枝の葉っぱだとしたら。生け花みたいに、本当に大事なものだけを残すことができたなら。

わたしは何を残したい？

みんなの前でしゃべるのは恥ずかしい……パチン。

マイナスのイメージになるのが怖い……パチン。

変なこと口走ったらどうしよう……パチン。

もうパチン大事なパチンものパチン、しかいらないのパチンパチン」

わたしはパチッと目を開いた。

「わたし、ハジメテヒラクで実況したい」

言葉にしたとたん、すっと胸が晴れた。

それはスッキリした枝を深く剣山に挿したときの気分。

決まった。わたしは応援したいんだ。

不機嫌に見えて優しいカオ先輩も。おばあちゃんと歌が大好きなマイちゃんも。ヨシマサ屋さんに恩返ししたい、几帳面で照れ屋な城部長も。

それに何より。

夏休みに初めてマイちゃんの生け花を実況したことを思い出す。

あのとき、楽しかった。そう、わたしは実況が好きなんだ。

なら、余分な感情は捨てちゃえ。

花ばさみを置いたわたしは、再び早月ちゃんの本に目を向けた。

わたしも練習しなきゃ！

明日、マイちゃんの教室に行こう。実況の発声練習、つき合ってほしいってお願いしに行こう。


十月から、本格的にハジメテヒラクの練習が始まった。

「枝を見つめる眼鏡の奥は、設計図を前にした建築士の眼差し」

「伸びて重たくなった髪をすくように、どんどん葉を落としていく。その姿は花の美容師です！」

「おっと、鼻歌を歌ってるぞ。お風呂でくつろぐようなリラックス感がいいですね」

一人一人の生け花姿を、わたしなりの言葉で応援する。

よく観察して「どこが特徴かな、どんなところが魅力かな」って考えていると、ヘンテコな例えやフレーズが生まれる。

初めのうちはそれを口にするのが恥ずかしかったけど……。

周りの反応を気にして当たり障りのない言葉を選ぶより、ヘンテコでも自分の心が生んだ言葉で伝えたい。

「よかったよ、綿野さんの実況が復活して」

片づけの時間、野山先生がわたしに笑いかけた。

「ゴシンパイおかけしてすみませんでした」

わたしはぺこんと頭を下げた。

「先生、引き算の練習って意味、分かったかもしれないです」

「それはよかった。僕もね、昔から色々迷ったり悩んだりしたときは、生け花で心を整えてきたんだ」

「野山先生でも何か迷ったりするんだ……」

いつものほほんとお茶をすすっていそうなイメージなのに。

「僕はね、実は教員になったのは三十歳なんだ。いやあ、なかなか採用試験に受からなくて、大学出てから八年もかかっちゃったよ」

「八年⁉」

〝先生〟って、教育実習が終わればすぐになれるモノだと思ってた……。

どんな八年を過ごしてきたんだろう。

生け花部の部員だけでなく、野山先生にもわたしの知らない一面があったんだ。

「いろんなものを切り捨ててきたけど、教師になりたいって思いだけは八年経っても残ってたんだよねえ」

そう笑う野山先生は、いつもより若く見えた。先生になる前の〝野山さん〟が、一瞬顔を見せた気がした。

「あめんぼあかいなあいうえお
うきもにこえびもおよいでる」
昼休みの校庭での練習も日課になった。マイちゃんは、「わたしも歌の練習になっていい感じ」と言ってつき合ってくれている。

いつも、早口言葉を練習してから、発声練習という流れだ。

早口言葉が一段落すると、

「ちょっと休憩タイム」

わたしたちは持ってきた水筒のお茶を飲んだ。

十月半ばの今日はぐんと気温が落ちたので、お母さんに温かいお茶にしてもらった。

マイちゃんは「そういえばね」と声を弾ませた。

「おばあちゃんが文化祭に来てくれることになったんだ」

「うわあ、ベトナムから？　すごい！」

マイちゃんのおばあちゃんもショーを見てくれる。

そうとなったら、気合入れて応援しなきゃ！

「じゃあ、練習再開！　今度は発声練習しよっ」

「うん、じゃあ、わたし向こう側に行くね！」

マイちゃんが校庭を突っ切って向かい側に駆けていく。

『さあ、この声がマイちゃんに届くように。

綿野あみ、発声のポーズを取ります。

イメージは、頭のてっぺんから糸でつるされる感じ。

お腹を空気で膨らませ、口は大きく開けて。

せーの！』

「あーえーいーうーえーおーあーお」

「あの一年生、何部？　演劇部でも合唱部でもないよね？　何で発声練習なんかしてるんだろ」

「一人で声出して、恥ずかしくないのかな」

通りがかりの上級生のひそひそ話が耳に入ってしまった。

「さぁせぇしぃすぅせぇそぉさぁそ……」

顔が下を向き、声が揺らぐ。

喉が、気持ちが、閉じていく。

どう思われるか気にしないようにしようとしているけれど、直接こういう言葉を聞くのは、やっぱりきつい。

わたしの唇が閉じそうになったとき、

「あみちゃーん、どうしたのーっ？　聞こえないよーっ」

マイちゃんのよく通る声が届く。

顔を上げると、マイちゃんがぴょんぴょん跳ねながら大きく手を振っている。

「がんばれー、あみちゃんっ」

がんばれ……？

あ、そうか。

三人を実況で応援しようと練習してきたけど、わたしも応援されてるんだ。

校庭の向こう側には、マイちゃんだけじゃなくて、城部長もカオ先輩もいる気がした。

『雑音は、パチンと切ってサヨナラだ』

それよりも大事なものがある。

「マイちゃーんっ。もう一回最初から！」

10　織姫と彦星のいじわる

『チャイムまで浮き立ってるその音色。

おはようございます。本日、文化祭準備日です。本番を明日の土曜日に控え、丸一日、学校をあげて準備を行います。

こうして廊下を歩いていると……』

「おーい、看板にペンキ使うから新聞紙持ってきて」

「この風船、膨らまないんだけど」

「リハーサルの時間だよー！」

「ちょっとー！　オバケ役、どこ行ったの？」

『すごいっ。

小学校の学芸会とは大ちがい。その規模の差は、子ども用のビニールプールと二十五メートル

プールほど！

綿野、初めて目にする非日常の校舎に圧倒されながらも、家庭科実習室に向かいます。

家庭科実習室に集合後、ヨシマサ屋さんで文化祭の花を選びます。

野山先生からお花代を受け取り、四人でいざヨシマサ屋へ！』


ヨシマサ屋さんへと続く坂道は、イチョウが色づいていた。

城部長とカオ先輩、マイちゃんとわたしの二列になって上っていく。

「そういえば、おばあちゃんはもう日本に来たの？」

隣のマイちゃんに聞くと、

「うん、昨日……」

「へえ、マイちゃんの家に泊まったの？」

「ううん、ホテル……」

あれ？　何かテンション低くない？

「マイちゃん、どうかした？」

「……昨日、電話で話したんだけど、おばあちゃんの言葉、聞き取れないときがあるの」

そう話すマイちゃんはさみしそうに笑った。

「夏休みに会ったときも思ったんだけど、わたし、だんだんベトナム語忘れてきてる。ところどころ聞き取れなかったり、とっさに返事が出てこなかったり……。笑ったり分かったふりとかしてごまかしてるけど、おばあちゃんは気づいてると思う」

……励ます言葉が見つからなかった。

日本で生活していたら、ベトナム語にふれることはほとんどないはず。

もう小学校からずっと日本にいるんだから、忘れたって仕方ない。仕方ないけど……大好きな人と言葉が通じなくなるつらさは、きっとわたしの想像を超えている。

何かマイちゃんのためにできることはないかな。

ハジメテヒラクを見に来てくれたおばあちゃんとマイちゃんが笑顔になれるようなこと……。

「あっ！」

「何、あみ。忘れもの？」

カオ先輩が振り向いた。

「あのっ、思いついたんですけど！」

突拍子もない思いつきでも、このメンバーなら話せる。

わたしは浮かんだばかりのアイディアを話した。


ヨシマサ屋さんの店先は、ポインセチアの赤と緑で彩られていた。おかげで、年季の入った棚もアンティークな味を発揮している。

「わー、もうクリスマス！」

「立冬を迎えましたから」

カオ先輩の華やいだ声に城部長がうなずく。

「いらっしゃい。いよいよ明日だね」

店の奥からおばさんと可菜子さんが姿を見せた。

「店を休みにするわけにいかないから、私は行けないけど、可菜子が見に行くからね」

「野山先生からショーをするって聞いたよ。ハジメテヒラクって何だか、ワクワクするネーミングだね」

やった、可菜子さんが来てくれる！

ぐっと気合が入った。

「明日はヨシマサ屋さんのお花を使った最後の文化祭ですから。僕たちは入賞を目指します」

「入賞っ？　すごーい。もし実現したら、うちの部で初めてじゃない？」

『この二人、無邪気な姫と騎士のよう。何だか、自分の頬が熱くなってしまう綿野です』

小さな店内の隅々まで埋め尽くす花のなかから、実況担当のわたし以外の三人が、生けたい花をそれぞれ選ぶ。

『明日の戦いを共にする花を選ぶ三人の勇者たち。

お、カオ先輩、さっそく店の一角に吸い寄せられました』

「何これ、かわいいっ」

【11・22　いい夫婦の日　大切な人にバラを贈りませんか？】

マーカーできれいに色を塗られたポスター。その下に赤いバラを三本束ねたミニブーケが並んでいる。

ポスターにはもうひと言添えられていた。

【三本のバラの花言葉　「愛しています」】

へえ、本数に意味なんてあるんだ。思わず目をそらしちゃうくらいロマンティックだ。

「ねえ、可菜子さん、あたし赤いバラを使いたい。ステージ映えしそう！」

「素敵だね。どんな作品になるか楽しみ」

カオ先輩の言葉に、可菜子さんは満足そうにうなずいた。

『さあ、残る二人の様子はどうでしょう。

マイちゃんは、待ち合わせ場所で人を探すようにお店を見回していますが……』

「可菜子さん、マイの花なんて、ここにはないですよね？」

「マイの花？　もしかしてベトナムの黄色い花のこと？」

『さすが！　花マニアの可菜子さん。即座にご名答です』

「わたしの名前の由来なんです。おばあちゃんが名づけてくれて……。あっ、でもいいんです。日本にはないと思ってたので」

「そうだ。代わりにこの子は？」

可菜子さんが歩み寄ったのは、小ぶりの黄色い菊の入ったバケツ。

「スプレー菊。ベトナムからの輸入なの」

「え、ベトナムから花が来るんですか？」

マイちゃんの表情が華やいだ。

「花屋ってね、実は国際学級みたいなんだよ。中国、ケニア、マレーシア、オランダ……。世界中いろんなところから集まってるんだけど、最近ベトナムの子が増えてきてるの」

可菜子さんがマイちゃんにスプレー菊を差し出す。

「それに、菊はね、『喜びが久しい』で『喜久』とも書いて、延命長寿の象徴とされてるの」

「わあ、ぴったりかも！」

マイちゃんはスプレー菊を胸に抱いた。

『純和風なヨシマサ屋さんが、何とインターナショナルだったとは。

毎日、いろんな国の花がそれぞれアピールしているのでしょう。

「ねえお客さん、わたしを、ぼくを選んで」と。

でも、そんな賑やかなヨシマサ屋さんが、来月で閉店してしまうなんて……』

「綿野さん、ありましたよ」

「え、何ですか？」

「サザンカです」

城部長に手招きされて、わたしは枝に近づいた。

「これが、『サザンカはじめて開く』なんですね」

ショーのタイトルを提案したのはわたしだけど、実物がどんな花かイマイチ分かっていなかった。

「これなら、近所の生け垣で見たことあります」

『濃緑の葉をつけた枝に咲く、赤いサザンカの花。そのぽってりした大きな花は、枝に留まったブローチです』

「ショーのタイトルにちなんで、僕はサザンカにします。問題は、どの枝がいいか……」

『枝の形を一本ずつ吟味している城部長。集中しています。ここは一人にしてあげましょう』

わたしが数歩下がって、様子を見ていた可菜子さんと並ぶと、

「あみちゃんは実況担当なんだって？　がんばってね」

目を細めて微笑みかけられた。

「はい。ありがとうございます！」

「従姉の……早月さん、だっけ？　文化祭に来るの？」

わたしは首を横に振る。

早月ちゃんは従妹が実況をすることなんて知らない。

可菜子さんが「そういえばね」と声のトーンを変えた。少しだけ、キリッと。

「私、お店を閉じたらどうするか決めたの。大学に行こうと思う」

「え!? どうして？ 花から離れちゃうんですかっ？」

動揺するわたしに、可菜子さんはいつものゆったりしたテンポで話した。

「経営学部で学んで、自分の花屋をオープンする」

「自分の花屋？」

「花のことは毎日お店で修業してきたから、今度は経営のことをしっかり勉強したいと思って。それで、今度こそ、つぶれない花屋を作りたい。さすがに今年は準備不足だから、来年度の入試にチャレンジするつもり。社会人入試っていう制度がある大学が多いの」

『経営学部。自分の花屋。社会人入試。

やわらかいスフレ・スマイルを浮かべながらそんな意志を持っていたなんて。

ああ、可菜子さんもまた一本の枝でした。

『見る角度を変えてみたところには、新たな発見が隠れています』

そして。もう一つの事実が明かされてしまった。

「夫も応援してくれてるし」

さらっと可菜子さんはつけ加えた。

「おっと……?」

「可菜子さん、結婚してたのっ?」

いつの間にかわたしたちの会話を聞いていたカオ先輩が割り込んだ。

「あ、言ってなかったっけ。夫は花の市場で働いてる人だよ。そっか。私、実家で働いてるから分かんないよね。水仕事だから、指輪もつけてないし」

『しょ、衝撃です。

だって、だって、だって……。

綿野、胸が締めつけられます。あの人のほうを見ることができません』

「……いつ」

城部長の声がした。

「いつ、ご結婚されたんですか」

「二十歳のとき。もう四年なんて早いなー」

城部長の気持ちを知らない可菜子さんはあっけらかんとしている。

わたしは背中に右手を回してこっそり指を折る。

四年前ってことは……城部長は中一。中三で出会ったとき、可菜子さんはもうとっくに結婚していたんだ。

「高校卒業してすぐにうちの店を手伝い始めて結婚したでしょ。そこに後悔はないんだけど、今だからこそ、大学生もやってみたいなと思って」

湖真学園の卒業生の多くは進学する。社会人を先取りした可菜子さんは、今から学生時代を味わおうとしているんだ。

「みんなと順番は逆だけど、これはこれで私らしいかなって」

そう話す可菜子さんは晴れやかだった。

「よかったです」

城部長が絞り出した言葉に耳を疑った。

よかった……？

「これでしばらく、手荒れが解消されますね」

あ、そうか。

理解した瞬間に、思わず目をぎゅっとつぶった。

城部長の七夕の願いごとがこんな形で叶うなんて。

『織姫も彦星もいじわるです。自分たちが年に一回しか会えないからって、あんまりです』

「来年はおたがい受験生だね。がんばろうね」

『城部長にふうわり笑いかける可菜子さん。やわらかいはずの微笑み、それがチクリと胸を刺します』

帰り道は、カオ先輩とマイちゃん、城部長とわたしの二列で歩いた。

「どんな花器にしようかなーっ。バラの色がきれいだから、あえて渋いやつに生けようかな」

「わたし、水色の丸い花器がいいです」

「ああ、あれね、かわいいよね。あとで倉庫から持ってこよう」

『きゃいきゃいと声を弾ませる女子二人、シーンと黙る男子が一人。

〝城部長、大丈夫ですか〟

その一言が、綿野の胸のなかでくすぶっています』

「ねえ、城部長はどうするの？」

「……何の話ですか」

カオ先輩が振り返ると、城部長が顔を上げた。

「聞いてなかった？　花器だよ。どんなの使いたい？」

「特にこだわりは」

「ダメだよ。花と花器は、ヘアとメイクってくらい、組み合わせが大事なんだから。ちゃんと気に入ったものを使わなきゃ」

「そうですね……」

『明らかに元気がない城部長です。カオ先輩のダメ出しもうわの空』

「そうだ、それより」

城部長は腕時計(うでどけい)に目をやると、

「中庭ステージのリハーサルの時間が迫(せま)ってます。急ぎ足で学校に戻(もど)りましょう」

先頭に立ってスタスタと坂を下っていく。

『その背中、一人にしてと言ってるのかも……』

『こちらは中庭。東校舎と西校舎が渡り廊下でコの字形につながれてできた空間です。いつもは殺風景なこの中庭に、高さ一メートルほどのステージが完成しています！観客席として並べられた教室のイスたちも、非日常にワクワクしているにちがいありません。さあ、今からリハーサル！』

「リハーサルといっても、ステージの配置の確認です。生け花は本番の一発勝負ですよ」

そう話す城部長と一緒に、わたしたちは長机やイスをステージ上に運んだ。

長机をステージの中央に設置して、城部長は言った。

「これをメインテーブルと呼びましょう。メインテーブルには暗幕をかけて脚を隠します。発表者はこの後ろに立って生け花を披露します。ステージ後方には作り終えた作品を飾っておく机も設置しましょう」

「何か、暗幕あるとマジックショーの机みたい」

と笑うカオ先輩。

城部長はイスを二つ、ステージの下手側に運んだ。

「これが発表者の待機用の席です」

ていうことは、残るは、

「実況席はどこがいいでしょうね」

城部長がステージを見回す。

わたしはぴょんとステージを下りて、

「ここでもいいですか？」

観客席の最前列に座った。東校舎側の端っこだ。ステージの斜め下から、メインテーブルを見上げる形になる。

「ここなら、みんなの手元も表情も見えるから」

「いいですね。じゃあ、ショーの前に、忘れずにその席をキープしておきましょう」

城部長がステージ上でメモ帳に書きつける。

そう、あの筆跡で。

『うぅ、せつない。

突然の失恋から約一時間。

もしも自分だったら、メモよりもポエムを書きたい気分かも』

「……綿野さん、何か？」

「へ？」

「僕をにらんでるので」

ぶるぶると首を横に振った。いつの間にか眉をひそめていたらしい。


「明日、生け花のショーするんだってね」

夕飯の片づけを終えたお母さんがリビングに戻ってきた。

「何で知ってるの？」

「あみが持って帰ってきた文化祭のパンフレット。早く言ってくれれば、歯医者のパート休んだのに。お父さんも仕事でしょ？」

「ああ、明日は学校説明会」

お父さんが食後の柿を頰張る。専門学校に勤めているお父さんは、秋から春先まで学校説明会や願書の受け付けで、週末も忙しい。

「あーうん、ごめん。言うの忘れてた」

隠してたわけじゃないけど、親に首を突っ込まれたくないことだってあるんだ。

「あみは何の花を生けるの？」

「生け花はしないよ。わたしは実況担当」

「ええ？　生け花部なのに、お花生けないの？」

お母さんは怪訝そうに尋ねた。

「実況って、似てるんだよ」

わたしはポソッとつぶやいた。

「今、何て言ったのよ？」

「ううん、別に」

「よく分からないけど、まあいいじゃないか。また骨折なんてしなけりゃさ。ほら、あみ、この柿甘いぞ」

「まあ、そうだけど」

お母さんはイマイチ納得していない様子でテレビをつけた。

わたしもそれ以上はしゃべらず、柿の甘味が広がる口をもごもごと動かす。

『脳内実況をお聞きのみなさんにはお話しいたしましょう。

生け花と実況は似ているところがあるんです。

え、どこがって？

一本一本の枝をよく観察して、その枝の良さを引き出そうとする生け花。一人一人をよく観察して、その人の魅力を伝えようとする実況。

ほら、ちがいは枝か人かってこと。目指すところは似ているのかも』

このとき、脳内実況中のわたしは、テレビの天気予報なんて耳に入っていなかった。

11　バラバラ・バランス

ハジメテヒラク、本番直前。

生け花部の前のステージは、チアリーディング部だ。

「わたしたち、チアリーディング部は『心を一つに』を合い言葉に、練習を重ねてきました！」

みんなで円陣を組み、かけ声を合図に演技をスタートさせた。

生け花部は、中庭の西校舎側テントでスタンバイ。テントは東校舎側にもあって、そちらはステージの音響操作用だ。

「いいかい？　今日のステージは時間厳守だよ」

野山先生の言葉にわたしたちはうなずく。

というのは、木枯らし一号の天気予報が発表されたからだ。

今日の夕方から風が強くなるという。

それに備えて、中庭のステージは午後三時までに終えるようにと、急遽先生たちが決定したそうだ。

「そうだよねえ、サザンカは木枯らしの季節の花だもんねえ」

野山先生、ちょっとうれしそうなんですけど……。こんなときでも、身の危険より季節の趣を感じているみたいだ。

「中庭ステージは北向きですから、木枯らしが吹けばもろ影響を受けますね。まあ、この時間なら大丈夫だと思いますが」

城部長が冷静に言った。

ハジメテヒラクは中庭ステージのラスト。ビシッと時間どおりに終わらなくてはいけない。

きゅっと引き締まった気持ちで、わたしはステージに視線を戻した。

『おそろいの衣装で元気いっぱい飛び、舞い、弾ける女の子たち。

チアリーディング部は、部活部門の入賞常連。

【心を一つに】

その合い言葉で向かうところ敵なしです』

まとまりがあって、すごく輝いてる。

『チア』って、応援って意味だよね。わたしにも、応援したい人たちがいる。

「あの」

「何でしょう。綿野さん」

わたしは背伸びして、城部長に小声で呼びかけた。

城部長は大きなフラスコみたいな花器をタオルで磨いているところだった。

「元気、出してください」

城部長の手が一瞬止まった。

こんな言い方、ナマイキと思われるかもしれない。

だけど、言わずに飲み込むよりはいい。

昨日のリハーサル後、家庭科実習室の隣の倉庫でこの花器を選んだときも、やっぱり城部長は元気がなかった。

ふだんも無駄話はしない人だけど、黙っていたというよりも、ふさぎ込んでいたように見えた。

その姿は城部長らしくなくて、気がかりで仕方なかった。

「すみません。一年生に心配させて、恥ずかしい限りです」

城部長はわたしから視線をそらした。

ふと周りを見渡す。

野山先生は席を外しているし、カオ先輩とマイちゃんはチアの演技に見入っている。それに今なら、流れるポップな洋楽が、わたしの声を掻き消してくれる。

「可菜子さんに、気持ち伝えないんですか？」

「まさか」

城部長は苦笑いで答えた。

「言われても困らせるだけですから。それに、前も言いましたがもともとあきらめてます」

ホントにそれでいいのかな……。

だってそれじゃ、なかったことになってしまう。

中三から思い続けてきた気持ちが、なかったことになってしまう。

そんなのって、せつないよ。たとえ叶わなくても、せめて可菜子さんに気づいてほしいと思うのは、わたしのワガママかな。

でも、それが城部長の結論なら。

わたしのやるべきことは、ただ一つ。

そう。代わりに告白しちゃうんじゃなくて。

「わたし、実況がんばります。城部長の生け花姿を言葉にします。可菜子さんが、城部長カッコいいって思っちゃうくらいに。って、自分でハードル上げちゃったけど……。わたしにはそれしかできないから、それだけがんばります！」

そのとき、大きな拍手が上がった。もちろん、わたしに、じゃない。チアの発表が終わったんだ。

「ありがとうございます」

いつになくやわらかい口調で城部長がつぶやいた。

「おーい」

野山先生がテントに戻ってきた。

「そろそろ出番だよ。みんな準備はいい？」

「木枯らしが吹くころ開く花がある。

みなさん、こんにちは。生け花ショー、ハジメテヒラクへようこそ！」

始まりの挨拶。わたしたち四人はステージに並んだ。

ステージに立つと、予想以上に観客の一人一人の表情まではっきり見えて、緊張が高まる。

在校生、その家族、学校見学の小学生、遊びに来た他校の生徒……。二クラスは座れそうな客席は、八割がた埋まっている。予想以上だ。

後ろから三列目、西校舎側の端っこの席に、ふわふわしたグレーのコートを着た可菜子さんを見つけた。

わたしは大きく息を吸い込む。首には赤い双眼鏡をお守りに提げている。文化祭の今日なら怒られない。

「今は立冬。日本の季節を約五日ごとに分けた七十二候では、『サザンカはじめて開く』という季節にあたります。

わたしたち生け花部もショーをはじめて開きます。どうぞ最後までお楽しみください」

拍手が起こると、カオ先輩がメインテーブルに進み出た。

わたしはステージの階段を降りて、最前列の端にある実況席に座る。

「トップバッターはこの人です。中学三年E組、カオ先輩こと谷平香緒里さん！」

実況するとき、みんなのことを何て呼ぼうかなって迷った。

かしこまって苗字に「さん」づけ？　それともスポーツ実況みたいに呼び捨てにする？

迷った結果、いつもの呼び名にすることにした。

一番、心を込めて応援できる呼び名がいい。

「カオ先輩のお団子ヘアにご注目ください。このバラの髪飾り、ハンドメイドです。将来は美容師になりたいカオ先輩、髪飾り作りもお手のものなんです」

花の髪飾りも、文化祭の今日ばかりは学校公認のおしゃれだ。

「カオ、かわいーよ！」

女の子たちの声援に、カオ先輩は笑窪を浮かべて手を振り返す。

「制限時間は五分です。スタート！」

城部長が告げ、タイマーを押した。

わたしは深呼吸して、口を開く。

「さあ、始まりました。

このショーのトップバッターを名乗り出たカオ先輩。先に終わったほうが気が楽、なんて言っていましたが、わたしたち部員は知っています。

次に登場する人たちの緊張を和らげるために名乗り出てくれたんだっていうことを。

そんな、実は面倒見のいいカオ先輩です」

しゃべりながら、左手で自分の髪の結び目にふれる。

カオ先輩は今朝もわたしのポニーテールを結び直してくれた。「あみは、相変わらずぶきっちょだなー」と笑いながら。

「カオ先輩が今日のために選んだのは、髪飾りと同じ真っ赤なバラ。

まずは枝をパチンパチンとカット！

さあ今、一輪目のバラを剣山へ。このバラのトゲ、花屋のヨシマサ屋さんが取り除いてくれました。ぎゅっと握っても安心です。

続けて、二輪目、三輪目。いい調子、一気に五輪のバラが花器に咲きました。

次に登場したのは、ドラゴンヤナギ！　ドラゴンヤナギの特徴は、何といっても、竜の体のようにうねる力強いその形。

グーッとドラゴンヤナギをためています。「ためる」は、枝を曲げるという意味の生け花用語、みなさん覚えて帰ってください！

今、ドラゴンヤナギを花器へ……おっと、枝が硬そうだ。ぐっと剣山に挿すこぶしがふるえています」

「二分経過です」

「がんばれ、カオ先輩！　見ているこちらまで、奥歯を食いしばりたくなってくる」

「三分経過、残り二分」

「よしっ、挿さった！　カオ先輩、二本目、三本目のドラゴンヤナギを挿していきます。いい調子！

わあ……ドラゴンヤナギの奥に咲く真っ赤なバラは、いばらの森の眠り姫です！」

「ラスト一分！」

「仕上げに生けるのは、白いカスミソウ。作品に、粉雪の優しさがまぶされていきます」

そして……。

「タイムアップ！」

リリリリリン。城部長が終了を告げるベルを鳴らした。

「完成です！　カオ先輩、作品の正面を客席に向けてください」

カオ先輩がすっと花器をこちらに向けたとき、あっと思った。

「あの、この作品、どこか、カオ先輩に似てます」

客席が、しんとする。

こんなこと言ったら変かな。笑われるかな。

それでも、今の気持ちを言葉にしたい。

ステージに咲くカオ先輩の作品を見上げながら、わたしはマイクをぐっと握る。

「いつもたくさんの規則とか常識とかが、いばらみたいに周りを取り囲んでて……。それでも上を向いて華(はな)やかに咲く。

このバラは、眠り姫っていうよりも、カオ先輩かもしれません。

いつかドラゴンヤナギを突(つ)き抜(ぬ)けて、ぐんぐん空へ伸(の)びていくような気がします！」

変なことを言ってると思った。

バラの枝がそんなに伸びるわけないじゃん。

でも。

パチパチパチ。ステージ上で拍手がした。見上げると、城部長とマイちゃん。

その拍手が客席へと広がっていく。

それを聞いて思う。一生懸命伝えたら、ヘンテコでも、うまくしゃべれなくても、何かが届くのかもしれないなって。

拍手に包まれながら、カオ先輩はわたしにVサインを向けた。

このVは……将来美容師になったカオ先輩が握るハサミかもしれない。


発表を終えると、カオ先輩はステージ後方の机に作品を置いた。

それと入れ替わるように、マイちゃんが待機席から立ち上がる。

「次の出演者は、一年B組、九島麻衣ちゃんです。

あ、今カオ先輩がマイちゃんに駆け寄り……、自分の髪飾りをマイちゃんの髪へ！　がんばれのエールです」


そのマイちゃんに、客席最前列から熱い視線が注がれる。

マイちゃんのお母さんだ。

その隣には、小柄なおばあちゃん。そっか、あの人がマイちゃんの！

おばあちゃんはマフラーをぐるぐる巻いている。今日はカラッと晴れているけど、空気はぴんっと張りつめたように冷たい。ベトナムに住んでるおばあちゃんにとっては、きっとつらいよね。
マイちゃんがメインテーブルで道具の準備をしている間を、わたしは実況でつなぐ。

「選んだ枝は、赤いアカメヤナギ。そして花は、黄色のスプレー菊です。
みなさんはスプレー咲きって知ってますか？　先の分かれた小枝からいくつも花が咲いているのがスプレー咲き。小ぶりの花がたくさんでかわいいんです。
今日のスプレー菊、実はベトナム生まれです。
ベトナムと日本のハーフのマイちゃん。おばあちゃんへの思いを込めて、この花を選びました」

えっ、九島さんハーフだったのって声が会場のどこかから上がる。
そう、わたしもたった数か月前までは知らなかった。
今では遠い昔のことに思える。

「今日は、ベトナムからおばあちゃんが来てくれています！」

「おおーっ」、「へえっ」と会場から声が上がる。

「マイちゃん、準備はいいですか？」

「はい！」

カオ先輩にピンマイクをつけてもらったマイちゃんが手を上げる。

そう、マイちゃんは襟元にピンマイクをつけている。

「さあ、生け花部の歌姫に披露していただきましょう。1、2、1、2、3、4！」

「テッテッテッテッデンゾイ　テッテッテッテッデンゾイ　テッテッテッテッデンゾイ　テッデン　チョン　ティムモイゴイ」

マイちゃんの歌声が中庭に響き渡ると、お客さんたちはあっけに取られた。

「思いついたんですけど、もしマイちゃんがよければ、生け花しながらベトナム語で歌ったらどうかなって」

昨日ヨシマサ屋さんへ行く途中、わたしはそう提案してみた。

「ええっ？」

マイちゃんの驚きの声にかぶせるように、

「あみの実況はどうするの？」

カオ先輩が尋ねた。

「マイちゃんが歌ってる間は、黙ってます。ショーの主役はマイちゃんだから。ベトナムの曲を歌ったらおばあちゃんに喜んでもらえるんじゃないかな」

もちろん、マイちゃんの気持ちが第一だ。

大勢の人の前で歌うこと。それはとっても勇気のいることだと思うから。

マイちゃんはしばらく考え込んでから、口を開いた。

「歌いたい気もするけど……できないよ。あみちゃん、わたしの生け花姿の実況、たくさん練習してくれたのに」

「それは気にしなくていいの！」

本心だった。

確かに練習した実況を披露する場面が減るのはほんのちょっともったいないけど、マイちゃんのおばあちゃんが喜んでくれるなら。

その思いはパチンと切り捨てられる。

「……でも、わたしだけそんなことしたら変じゃないかな」

「いいじゃん」

カオ先輩が言った。

「歌いながら生け花しちゃいけないっていう決まりがどこにあるの？　ショーなんだから、歌ったって踊ったって自由じゃん」

「でも」

マイちゃんが城部長の背中を見上げる。

「手配しておきますよ。襟元につけられるピンマイク」

城部長は振り返らずに言った。

「ほらね！」

わたしはマイちゃんの背中をたたく。

「わたし、歌の始まりにカウントするよ。ねえ、ベトナム語の数字教えて」


わたしたち部員の手拍子が、だんだんと客席にも広がっていく。

マイちゃん、すごい。アカペラだっていうのに、不安そうな様子はない。ハミングやラララを交えながら楽しそうに花ばさみを振るっている。

時おり、ステージに膝をつき、花器に目線を合わせる。その姿が優しげで、何だかマイちゃんらしい。

あれ？

拍手の合間を縫って、マイちゃんではない声がするような。

ふと横を向いてみると……。

あっ。

おばあちゃん……一緒に歌ってる。さっきまでマフラーにうずめていた首を左右に揺らしながら。

この声、ステージの上のマイちゃんにもきっと届いてるよね。

おばあちゃんと一緒に歌うベトナムの歌。マイちゃんは今どんな気持ちかな。

わたし、生け花部のみんなをまだまだ知りたい。

歌い終えたマイちゃんは、そっとテーブルに花ばさみを置いた。

それを合図に、城部長は終了を告げるベルを鳴らす。タイマーは使わなかった。

わたしは再び、マイクのスイッチを入れる。

「**素敵な歌声をありがとうございました！**」

会場から拍手がわき起こる。頬を上気させたマイちゃんが、そうっと客席に花器を向けた。

「歌はベトナムの旧正月の定番ソング、『Ngày Tết Quê Em』でした。

水色の花器に元気いっぱいのスプレー菊。ふるさとの歌は花たちの栄養剤です。

あ、旧正月といえば！　マイちゃんの『マイ』は、ベトナムで旧正月に咲く黄色い花のことなんだよね？」


マイちゃんを見上げると、微笑んでうなずいてくれた。

「うん。おばあちゃんが名づけてくれました」

その笑顔を見て、何かを発見した気がした。

マイちゃん、日本にマイの花がなくても大丈夫だよ。

だって。

わたしは見つけたものをゆっくりと言葉にする。

「おばあちゃんにとっては……この笑顔が、マイの花なのかもしれません」

うまいことを言ったつもりはないのだけど、拍手がこそばゆかった。


さあ、残るは……。

「いよいよ、最後となりました。生け花部部長、高校二年A組、城慶太郎の登場です！」

城部長が花材や道具をメインテーブルに並べる。城部長が選んだ花材は、サザンカ一種のみ。タイムキーパーはカオ先輩にバトンタッチした。

さっきまで穏やかな天気だったのに、北風がにわかに強まって城部長に吹きつける。

わたしは背中で、城部長に向けられた可菜子さんの視線を感じる気がした。

「文化祭のお祭りモードで、今日は多くの生徒が制服をゆるっと着崩しますが、城部長、式典のときみたいにピシッとしています」

それもそのはず、かもしれない。今日は城部長にとって、きっとどんな式典よりも大事な日だ。

「カオ先輩、マイちゃん。それぞれの生け花をしてくれました。最後は城部長の生け花、見せてください！」

カオ先輩がタイマーを握った。

「城部長、行きますよ。スタート！」

精いっぱい応援したい。

城部長のために。

可菜子さんのために。

そして、わたし自身のために。

「さあ城部長、まずは一番大きなサザンカの枝をつかみました。花器は白いフラスコ型。剣山を使わない、投げ入れという方法で生けていきます。

ん？　右手には……出た、メジャーと分度器！　これって城部長の必須アイテムです。

ふつう、生け花はザックリと長さや角度を見積もります。しかし、計算どおりを目指す城部長、どんな完成図を思い描いているのでしょうか」

城部長は枝を切ると、サザンカの葉をバサバサと次々に切り落とした。

整った枝に分度器をあてがいながら、フラスコ型の花器に生けていく。

「残り二分」

カオ先輩の声が響く。

びゅうっと冷たい風がわたしの背後から吹いてくる。

「ここで、城部長についてご紹介しましょう。城部長は、生徒会の副会長と生け花部の部長を二刀流でこなしています。

そんな忙しい城部長がいつも気にしているのが、職員室前にある花壇です。

水やりは先生たちの当番制ですが、当番を忘れてしまったとき、城部長はジョウロを持ってどこまでも追いかけます。花壇の番人、ジョウロ部長。
そんな部長の原点には、三十年以上お世話になっている花屋、ヨシマサ屋さんへの感謝が」

びゅおおっ。

今日一番の向かい風に、一瞬、城部長が目をつむったそのときだった。

ガチャンッ!

「え？」

メインテーブルからサザンカが消えた。

ウソでしょ!?

ああ、こんなこと言葉にしたくないけど、

「か、花器が割れました……」

ステージの床に花器の破片が散らばり、サザンカの枝は風でステージ後方へ転がっていった。メインテーブルにかけた暗幕の裾から、水がポタポタとしたたる。

「……城部長の計算がくるいました。え、えっと、これは風のせいで……。風が強くなるのは夕方からの予報だったのに、だってまだ二時台だし」

実況もガラガラと崩れていく。どうしようどうしよう。

音響操作用テントに控えている野山先生も唇を真一文字に結んでいる。ステージを仕切り直す時間はない。

「残り一分半！　あたしの花器使って！」

カオ先輩が立ち上がり、ステージ後方の自分の作品から花を抜き始めた。

その間、立ち尽くす城部長に、

「城くん、がんばって！」

客席の後方から声援が飛んできた。え、この声って……。

わたしが振り返ろうとしたとき、

「谷平さん、ちょっと待ってください」

城部長が生き返ったようにはっきりと言った。

「花器を、持ってきます」

その言葉は、カオ先輩にというより、客席に向けられていた。

「間に合わないよっ。倉庫は五階だよ？」

「大丈夫です」

厳しい表情のカオ先輩に説明することなく、城部長はステージからジャンプした。

「実況続けて！」

城部長はすれちがいざまわたしに叫ぶと、そのまま観客席の脇を駆け抜けて会場の後方へ走っていく。

「**続けてって言われても……**」

振り返って城部長の行く手を目で追うと、東校舎の裏側にその姿が消えた。

え？　倉庫は西校舎だよ？

城部長に取り残された観客の頭が、サワサワと落ち着きなく揺れる。

マズい、みんな戸惑ってる。

このままじゃダメだ。わたしがつながなきゃ。

でも、主役のいないステージの何をしゃべればいいいか、分からない、分からない、分からない。

でも。それなら。

わたしは自分のなかの戸惑いをパチンと切り捨てた。

今、思っていることを実況すればいい。

みんなに脳内実況を聞いてもらえばいい。

「まったくもう」

目を閉じて、ふーっとわたしは息をつく。

「城部長、一体どこへ行ったのか。突然ステージから消えるなんて。

わたしたち生け花部、こんな感じでマイペース。一つにまとまらない部活なんです。

でも、一つになれなくたっていい。バラバラだっていい。そう思うんです。

生け花の基本型は、長さや傾きがバラバラな三本の枝でできています。

どれか一本抜けると、作品から華やかさ、優しさ、強さのどれかが欠けちゃう……。

三本それぞれのちがいが魅力なんです。

いびつだからこそのバラバラ・バランス。

そんな三人を、わたしは実況で応援したいんです」

閉じているまぶたの内側が、じゅっと熱くなったとき、

「城部長！」

カオ先輩の声が中庭にキンッと響いた。

その言葉にあわてて目を開けると、会場がいっせいに、後ろを振り向いていた。

みんなの視線を一身に受けながらステージへと走る城部長。わたしは思わず笑みをこぼした。

そっか、城部長は一番使いたい花器を思いついたんだ。

「ジョウロです！」

わたしは声を張り上げた。

「東校舎の裏手は、職員室前の花壇。花壇脇の棚から、緑のジョウロを持ってきました！　さあ、ステージに駆け上がりますっ」

客席のどよめきを背負い、

「今、メインテーブルにジョウロを置いた！」

次の瞬間、城部長が選んだ花はサザンカではなく、

「谷平さん、こっちを借ります」

「城部長、バラを手に取りました！」

「残り十五秒」

北風は静まっている。お願い、もうちょっとだけ吹かないで。

「……よし！　ジョウロのタンクに、一本目のバラがうまく留まりました。腕まくりの城部長、

もうメジャーも分度器もいりませんっ」

「あと十秒！」

「タンクに枝の短いバラをもう一本！　そして今、先端の部品、蓮の実を外してもう一本！　城部長、ヨシマサ屋さんへの思いを込めて、今ジョウロにバラを咲かせましたっ。

……あ！」

昨日ヨシマサ屋さんで見たミニブーケが色鮮やかに蘇る。

「三本のバラの花言葉は」

「あみ、ちょっと待った！」

忠告するカオ先輩の声もわたしの耳には届かない。

「『愛してる』！」

リリリリリン。

カオ先輩がベルを鳴らした。

「タイムアップ」

完成した。城部長の生け花が、わたしたちのハジメテヒラクが、完成した。

会場からわき起こる拍手を聞きながら、わたしは、へなへなとイスの背にもたれかかった。

「いやあ、ジョウロを持ってくるなんてねえ」

「もしかして花瓶わざと割ったのかな？」

会場から口々に感想が上がる。そのなかに聞き捨てならない言葉を聞いてしまった。

「ていうか最後、実況の『愛してる』の絶叫、すごかったね」

ああっ！

……言ってしまった。

『愛してる』と叫んでしまった。

これって……また本人の代わりに告白しちゃったんじゃないの？　しかもこんなにたくさんの人の前で……。

ぐらんとめまいがして上を向くと、どこまでも高い青空が見えた。


その後、自分が何をしゃべったかはあまり記憶がない。

何とか終わりの挨拶をしてショーの幕を閉じた。

さあ、急いで片づけに取りかからなきゃ。

と思うけれど、わたしはステージ下から動けない……。

ステージの床を雑巾で黙々と拭く城部長に近づく勇気がない。

わたし、謝らなきゃいけないのに……。

「だから言ったじゃん、『ちょっと待った』って」

しゃがみ込むわたしを見て、花器を抱えたカオ先輩がカラカラと笑う。

「カオ先輩……。もしかして、城部長の気持ち知ってたんですか？」

声を潜めてきくと、

「そりゃ見てれば気づくよ。昨日ヨシマサ屋さんに行ってから様子変だったじゃん」

さすがカオ先輩。城部長の片思いを知っているのは自分だけだと思ってたのに。

「どうしよう、また昔と同じ失敗しちゃうなんて。城部長にどんな顔を向ければいいのか……」

「いや、失敗でもなかったみたいだよ」

カオ先輩の視線の先をたどると、ステージの城部長を見上げて話しかける可菜子さんの姿があった。

花器が割れたときの応援の声。

可菜子さんのあの言葉があったから、城部長はバラとジョウロの組み合わせを思いついたのかもしれない。

「城くん、ほんとにありがとう」

ステージでかがんでいる城部長に向けて、可菜子さんが右手を差し出した。

二人の握手（あくしゅ）を見たカオ先輩が言う。

「二人とも大人だから大丈夫だよ。あみのこと恨（うら）んだりしない」

失敗じゃ、ない……。

ここにあるのは、脳内だけで実況していたころのわたしでは見えなかった景色だ。

双眼鏡をぎゅっと握りしめたとき、

「あみ」

背後で女の人の声がした。

振り向いたとき、ひゅっと息の根が止まる気がした。

大きなストールを巻いて、ニッと大きく唇の両端（りょうはし）を引き上げているのは……。

「早月ちゃん！」

12　ヒーローのマント

「片づけはいいから行っておいで」

カオ先輩のその言葉に甘えさせてもらった。

早月ちゃんとわたしは今、屋台でおでんを買って、校庭の休憩所に座っている。

『この再会をどれだけ待ちこがれてきたでしょう。隣にいるのはマイ・ヒーロー。大きなストールはマントのよう。

……でも一体、何で、何で』

「何で早月ちゃんが文化祭にいるの？」

「おじちゃんが連絡してきたから」

早月ちゃんは、おでんの大根をふーふーしながら言う。

「おじちゃんって、うちのお父さん？　いつ？　どうやって？」

「昨晩。『文化祭見に行けないから、早月ちゃん代わりに見てやってくれないか』って実家に電話が来たんだって。私、今一人暮らししてるから、親が私にメールしてきた」

昨晩の夕飯を思い出す。

まさか、早月ちゃんに連絡するなんて……。お父さん、そんな素振り見せなかったのに。

『綿野あみ、フクザツです。
親の手を借りて再会するなんて。一人で乗れたと思った自転車に補助輪がついていた気分。
でも、再会に込み上げてくるうれしさは、くやしいけれど本物です』

「正直、せっかくの休日に母校の文化祭行くなんてかったるかったけど、あみが実況するっていうから。気になって来ちゃった」

一人映画する予定だったんだけどなあ、と早月ちゃんは笑った。

早月ちゃんにわたしの実況を披露したと思うと、ボッと顔が熱くなる。変なことといっぱい口走った気がするし……。

でも、

「よかったよ、あみの実況」

ストレートな言葉がわたしの心の真ん中に届いた。

「ほんと？」

「部長がいなくなったとき、間をつないだでしょ。放送を中断させないっていうのが、実況の使命なの。よくがんばりました」

「あれはただ必死で……」

ほめられると照れくさい。わたしは目線を早月ちゃんから手のひらのおでんのカップに移した。

「まさかあみが実況やるなんて思わなかったな」

「だってそれは……」

それは、早月ちゃんが小学五年のわたしにきっかけをくれたから。

首に提げた赤い双眼鏡を握る。

伝えるのは、今だ。

脳内実況のおかげで、小学校時代救われたんだよって。

早月ちゃんがいなくなっても、ずっと続けてたんだよって。

早月ちゃんはわたしのヒーローだよって。

約束、今でも楽しみに待ってるよって。

でも、わたしより先に口を開いたのは早月ちゃんだった。

「来られてよかった。先週の土曜だったら、デパートの仕事抜けられなかったし」

わたしは耳を疑った。

「デパートの仕事……？」

わたしのおうむ返しに早月ちゃんがうなずく。

『終わった』

「母校なんて卒業以来だよ。懐かしい先生たちにも会えたし」

『ヒーローを待ち続けた二年半にピリオドが打たれました』

「郷本先生なんて、着てるジャージまで一緒で笑えた」

『早月ちゃんの夢はいつの間にか、実況アナウンサーからデパートの販売のお姉さんに変わっていたのでしょう。

そんなこととはつゆ知らず。綿野あみは早月ちゃんの幻に、ヒーローのマントを着せ続けていました』

「どしたの、あみ。固まっちゃって」

「早月ちゃん、ひどいよっ」

思わずわたしは立ち上がった。

「え？　何の話」

「わたし、ずっと待ってたんだよ！　実況アナウンサーになるって夢、あきらめたならあきらめたって教えてよっ」

早月ちゃんは、ぽかんとわたしを見上げた。

「勝手な約束していなくなったから、わたし期待しちゃってバカみたいじゃん。テレビやラジオの競馬番組だって、時々チェックしてたんだよ？　早月ちゃんの実況が流れるんじゃないかなって。デパートの店員さんになってるなんて考えてもみなかった」

「あみ、落ち着いて聞いてよ。私の仕事っていうのは」

早月ちゃんが口を挟もうとするけれど、聞きたくない。

「洋服でも化粧品でもレストランでも、どのお店でも一緒だもん」

「イベントの司会だよ」

「へ？」

「先週はデパートで子ども向けのイベントがあったの。私はそこに呼ばれた司会者」

司会者……。っていうことはどういうこと？

「いい？　あみ。私は競馬の実況アナウンサーの夢をあきらめてない」

「あきらめて、ない……？」

「司会とか、ナレーターとか、そういう、しゃべる仕事をする会社に所属してるの。いろんな仕事をして修業積んでるんだよ。まだ実況ができるようなテレビやラジオ局には受かってないけど、絶対あきらめないから」

そう話す目は力強くて、二年半前と何も変わらない。

わたしは腰を下ろし、うつむいた。

「ごめんなさい。てっきり……」

『綿野あみ、打ってしまったピリオドを消しゴムでこすります。

そうだ、そうだった。

一つの方向から見た姿がすべてじゃない。

くるっと回せば、誰だっていろんな面が見えてくる。

無敵に見えるヒーローだって、マントを外して洗ったり、破れたところを繕ったりする日があるのかもしれません』

「大丈夫(だいじょうぶ)。忘れてないよ」

早月ちゃんがわたしの首に提げた双眼鏡を握った。

「私のファン第一号のためにも、がんばらなきゃね」

文化祭の終わりを告げる音楽が流れ始めた。

「来場者のみなさん、本日はご来場ありがとうございました。生徒のみなさんは、ホームルームに戻(もど)ってください」

早月ちゃんは立ち上がる。

「さ、もう行かなきゃ」

「ねえ、早月ちゃん。今日うちで晩ご飯食べない？　うちの親も、久々に早月ちゃんに会えたらきっと喜ぶよ」

わたしは早月ちゃんともう少し一緒にいたかった。

「ごめん、今夜の飛行機に乗らなきゃいけないから」

「飛行機？　どこ行くの？」

「香川(かがわ)の遊園地のヒーローショー。明日は、その司会進行の仕事なの。だから前泊(ぜんぱく)してうどん食べようと思って」

早月ちゃんは、ニッと唇の両端を引き上げて笑う。

びゅううっと北風が吹き、早月ちゃんのマントをなびかせた。

「がんばれ、ヒーロー！」

「だから私は司会だっての」

校門のところまで見送ると、早月ちゃんは「そうだ」と、わたしに連絡先をメモに書いてくれた。

「何かあったら連絡して。他校のイケメンの連絡先のほうがうれしいかもしれないけど」

そう茶化す早月ちゃんから受け取ったメモをポケットに入れ、わたしは帰りのホームルームへと駆け出した。


教室に入ると、後ろからぎゅっと腕をつかまれた。

「あーみーっ」

懐かしいこのからみ方は……、

「美紗姫。ビックリしたあ」

「見たよっ、ハジメテヒラク」

「わっ、マジか」

「うん。そういえば、麗奈もいたよね？」

美紗姫が近くの席で本を読んでいた麗奈に声をかける。

「うん、わたしも見てた」

ドキッと心臓がふるえた。二人の目に、わたしはどんな風に映ったんだろう？

「生け花ってよく知らなかったけど、あみたちの部活楽しそー」

美紗姫が屈託なく笑う。

「あみが実況なんて半信半疑だったけど、こんなあみもいるんだなって思ったよ。発声練習、毎日がんばってたもんね」

麗奈が髪を耳にかけながら言う。

こんなあみもいるんだな……。

そんな風に受け止めてくれたんだ。

もしかしたら、わたし、イメージのプラスとかマイナスにとらわれすぎていたのかもしれない。

みんなと同じように、わたしにだっていろんな一面があって当たり前なんだ。

「ねえねえ、あみ。今度、男子バスケ部の実況もしてほしいなっ」

「えっ」

美紗姫の予想外の言葉に一瞬ひるむ。入学当初、美紗姫の恋のために一緒にマネージャーになるのは嫌だったけど……。

わたしらしい形でなら、応援できる気がする。

「うん、いいよ！」

「やったあ。山上先輩、カッコよく実況してね」

「ヤマカミ先輩？」

えーっと、ちょっと待って。美紗姫が好きなのって……。

「超カッコいいんだよ、中三の山上先輩。同級生の男子なんてみんなガキなんだもん」

美紗姫の白けた視線の先には……男子同士で追いかけっこをしている須永くん。

「気が変わったってコトか」

麗奈がやれやれとため息をつく。

なぜかわたしはふつふつと笑いが込み上げてくる。

「美紗姫は飽きるのが早いなあ」

「そんなことないもんっ。ていうか、二人はどうなの？　好きな人や憧れてる人いないの？」

美紗姫はピンクに染まった頰を膨らます。それが恋なのかお化粧なのか、わたしには区別がつかないけど。

「ヒーローならいるよ」

わたしは答える。「えっ」と二人が目を丸くした。

「今日、連絡先もらっちゃった」

「文化祭でナンパされたのっ？　いいなあ、ずるい」

「えっ、ダメじゃん！　危ない人かもよ」

全然ちがう反応の二人の顔を見て、もしかしてと思う。

『ああ、もしかして。

わたしたち三人もまた、バラバラ・バランスなのかもしれません。

だとすれば、二人をもっと知りたいし、自分も知ってもらいたい』

「わたしのヒーローっていうのはね、」

口を開いたとき、担任の先生が教室に入ってきた。

また後でね、そう言ってそれぞれの席に着く。

エピローグ

生け花部、文化祭で初入賞！　のはずだったんだけど……。

翌週の部活、わたしたち四人が家庭科実習室に集まると、城部長はホワイトボードに8の字を書いた。

「八位、でしたね」

部活部門の第一位は合唱部、二位はクッキング部、三位はチアリーディング部という結果だった。

カオ先輩（せんぱい）が頬杖（ほおづえ）をつく。

「もっと、イイ線いってると思ったんだけどな」

「わたしもです……」

マイちゃんがうなずく。

「賞の代わりに、ヨシマサ屋さんにはせめて寄せ書きでも渡……」

城部長の言葉を「あのっ」とわたしはさえぎった。

「わたし、入賞しなくてもいいと思うんです」

三人の視線がわたしに集まる。

賞を取らなくていいだなんて。そんなこと言ったら、「心が一つになってない」って怒られる部活もあるかもしれない。それとも負け惜しみに聞こえるかもしれない。

でも。

「ハジメテヒラクの本番中、賞のこと忘れてたんです。もちろん入賞目指して練習してきたんですけど……。あの場所で、三人の生け花を可菜子さんに見てもらえたことが一番、恩返しになったと思うんです」

城部長はまっすぐに口元を結んだまま聞いていた。

もしかして……わたしの「愛してる」発言に怒ってる？　失言したくせにおまえ何言ってるんだよって思ってる？

「えらそうなこと言ってすみません……」

長机の角を見てうつむくと、

「いや、ありがとう」

返ってきたのは予想外の言葉だった。しかも今のって、いつもの敬語じゃなかった？

思わず顔を上げると、扉がガラッと開いた。

「表彰式を行う！」

入ってきたのは……閻魔大王とその後ろから野山先生。

「表彰式？」

ぽかんとするわたしたちの前で、郷本先生が教卓に紙袋を置いた。そのなかから取り出したのは、

「これって花のメダル!?　すごい」

わたしたち女子三人は歓声を上げた。

ナルト模様に巻いた金色のワイヤーに白い花がくくりつけられている。ワイヤーにはリボンがついていて、首から提げられるようになっていた。

「俺の教え子からだ。おまえたちに渡してくれって」

「教え子って……」

「おめでとう、ヨシマサ賞だ」

郷本先生がにこりともせずに、教卓に四つのメダルを並べた。

「言っておくが、学校としての公式な賞じゃないぞ」

言葉とは裏腹に、郷本先生の渋(しぶ)い顔が少しだけ優(やさ)しく見えた。

「おめでとう。よかったね。もうすぐ始まる、『金盞香(きんせんか)さく』の季節のメダルだね」

野山先生の拍手(はくしゅ)に、「あれ？」とマイちゃんが首を傾(かし)げてきいた。

「キンセンカ？　これって水仙(すいせん)の花じゃないんですか？」

「七十二候(しちじゅうにこう)の金盞香は水仙のことです。白い花びらの中央の黄色いところが盃(さかずき)に似てるので。水仙は香(かお)りがいいのが特徴(とくちょう)で……」

城部長が、眼鏡をさわりながらぶつぶつと答える。

「はいはい。ウンチクはいいから、メダルもらおうよ」

「しかし、ヨシマサ屋さんから賞をもらうなんて申し訳……」

「いいの！　これは可菜子さんからあたしたちへの気持ちだよ？　素直(すなお)に喜んだらいいじゃん」

カオ先輩の言葉に、城部長が大きく息を吸って立ち上がった。

「おい、待たせるな。俺は忙(いそが)しいんだ」

教壇で仁王立ちの郷本先生がせかす。

「表彰式、動画撮っておこうか」

野山先生がうきうきとタブレットパソコンを取り出した。

「撮るよー」

あ、そうだ。この瞬間も言葉にしたい。

わたしはこぶしのマイクを構えると、思い切って声に出した。

「これより、花メダルの授与を行います!」

「生け花部のハジメテヒラク、さあ表彰式です。今、メダルが闇、じゃなくて郷本先生から城部長に贈られます。

この二人、花壇の水やりでバトルを繰り広げたこともありました。しかし、今その表情はおたがい穏やかです。

今、メダルを首に提げた城部長。郷本先生へ、そしてわたしたちにも深く一礼です。

その姿は、戦い終えて城に帰った騎士、研究を成し遂げた科学者、あるいは全速力で走りきったランナーのように輝いています。

続いてカオ先輩、マイちゃんにも花メダルが贈られます。

え？

あ、えっと、三人の手招きで、綿野あみも今壇上に上がります。

そして今、わたしの首にも花メダルが……ありがとうございます！」

顔を見合わせたわたしたちは、だれからともなく拍手を送り合う。

「今、四人並んで……もう一度一礼です！」

おじぎをすると、胸元から水仙の香りを感じた。清々しくて自然な香り。

「そうだ、記念撮影しようか」

郷本先生が立ち去ると、野山先生がうきうきとタブレットをかまえた。

「ポーズ、どうしますか？」

わたしはみんなにきいてみたけど、

「ほら、あみとマイちゃん、ちっちゃいんだから真ん中来て。ていうか、写真撮るって知ってたらもっとヘアアレンジしてきたのにー」

「みなさん、記念撮影ですから襟を正してください」

「写真、おばあちゃんに送ろううっと」

うん、やっぱりいつもの調子。

「ほら撮るよー。はい、チーズ！」

水仙の香りが、バラバラなポーズのわたしたちをさりげなく包んでいた。

【参考文献】五十音順

『あなたもアナウンサーになれる！　テレビ局アナウンス採用のすべて』鎌田正明／著　講談社
『いけばな　知性で愛でる日本の美』笹岡隆甫／著　新潮社
『絵本ごよみ二十四節気と七十二候』坂東眞理子／監修　教育画劇
『茶道・華道・書道の絵事典』ＰＨＰ研究所／編　ＰＨＰ研究所
『花活　～ブレない自分を育てる生け花～』阿多星花／著　ギャラクシーブックス

※「サザンカはじめて開く」――「立冬」の「山茶始開」は、ふつう「つばきはじめてひらく」と読みますが、この「つばき」はツバキ科の山茶花（さざんか）のことなので、「サザンカはじめて開く」といたしました。

こまつあやこ

1985年生まれ。東京都中野区出身。

清泉女子大学文学部日本語日本文学科卒業後、学校や公共図書館の司書として勤務。2017年「リマ・トゥジュ・リマ・トゥジュ・トゥジュ」で第58回講談社児童文学新人賞受賞。

ハジメテヒラク

2020年8月25日　第1刷発行

著者――――――こまつあやこ
装画――――――あわい
装丁――――――岡本歌織（next door design）
発行者―――――渡瀬昌彦
発行所―――――株式会社講談社
〒112-8001
東京都文京区音羽2-12-21
電話　編集　03-5395-3535
販売　03-5395-3625
業務　03-5395-3615

印刷所―――――共同印刷株式会社
製本所―――――株式会社若林製本工場
本文データ制作――講談社デジタル製作

N.D.C. 913　232p　20cm　ISBN978-4-06-520137-4

本書は書き下ろしです。

『お庭番デイズ　逢沢学園女子寮日記　上』

有沢佳映

一、四〇〇円　講談社

ピープル・ヘルプ・ザ・ピープル。

人が人を助ける。それがこの逢沢学園女子寮のモットーなんです。

「寮生にとって、学園は文字通り庭でしょ。そこで起こる困ったことに手を貸すのは、まあ、いろいろな面で余裕のある人間の役目だと思わない？」本文より。

「かさねちゃんにきいてみな」で椋鳩十児童文学賞、児童文学者協会新人賞ダブル受賞の有沢佳映氏、待望の３作目！上巻

『お庭番デイズ　逢沢学園女子寮日記　下』

有沢佳映

一、六〇〇円　講談社

人生は
ギブアンドテイク！

「一年生、うちの学園七不思議って、
知ってる？
七つ全部知ると死んじゃうだか消える
だかっていうやつ」本文より。
椋鳩十児童文学賞、児童文学者協会新
人賞受賞の有沢佳映氏による、
人助けエンターテイメント！　下巻

『あおいの世界』

花里真希

一、四〇〇円　講談社

**第60回講談社
児童文学新人賞
佳作受賞作品。**

「わたし、いつも「クウソウ」してるの。ふきかえたら友達になっちゃうスプレーとか、いやな時間を早送りできるリモコンとか。」
空想癖のせいでクラスで浮いていた小5のあおいがカナダの小学校へ転校して半年間の成長を描く感動の物語。